おこりんぼの魔《ま》女《じょ》のおはなし

ハンナ・クラーン
工藤桃子〔訳〕・たなかしんすけ〔絵〕

ハリネズミの本箱

早川書房

VERHALEN VAN DE BOZE HEKS
by
Hanna Kraan

Translated by
Momoko Kudo
First published 2005 in Japan by
Hayakawa Publishing, Inc.
This book is published in Japan by
arrangement with
Lemniscaat Publishers
through Japan Uni Agency, Inc., Tokyo.
さし絵：たなかしんすけ

もくじ

第一章　おこりんぼの魔女《まじょ》、いかりくるう

森の中でぶきみな音がひびいています。遠くできくと、まるで秋の嵐《あらし》のようですが、やっぱりちがいます。それは、いかりくるって、森の中をずんずんかけぬける、おこりんぼの魔女でした。

「えい、ああ、はらがたつ！」とさけんでいます。

「えいえいえい、まったく、めちゃくちゃはらがたつよ！　そこのリス、なにかおかしいか。それじゃあ、ほんとうにおかしくしてやろう」魔法《まほう》のつえを、ちちんぷい！　いきおいよくふりかざすと、リスがいたと

ころには松《まつ》ぼっくりが落《お》ちていました。

「よーし！」魔《ま》女《じょ》はきんきん声をあげました。「ほかにはいないかな？　そこのキノコ、あんたたちはどうだい？」そして、ちちんぷい！　キノコがあったところには、石ころがころろん。

ドシンドシン足をふみならしながら、魔女はどんどんどんどん先へすすみます。そしてカタツムリは小えだに、コケモモは木イチゴに、木イチゴはコケモモに、つぎつぎと変《か》えられてしまい、年老《としお》いたヒキガエルなどは、魔《ま》法《ほう》でモグラの巣《す》のもり土《つち》にされてしまいました。

動物《どうぶつ》たちは、せいいいっぱいかくれて、ドキドキしながら魔女のいかりがしずまるのをまちました。でも、いかりは、なかなかおさまりません。

「なんとか手を打《う》たなくちゃ」ほかの動物たちといっしょに、深《ふか》いほらあなににげこんだノウサギはいいました。「魔女はこの調子《ちょうし》だと、森じゅうに魔法をかけちゃうよ。ここはこれからもぼくたちの住《す》みかなのに」

動物たちはまじめな顔でうなずきましたが、どうしたらいいかは、だれもわかりませんでした。

「魔女をやっつけてしまおうか？」カブトムシがさけびました。

ノウサギは首を横《よこ》にふります。「そりゃ、あぶない」

「話しあいを持《も》つ、というのは、どうだろうか。おちついて話しあったら、魔女《まじょ》の気まぐれもおさまるのではないかな」とフクロウ。

「そいつは名案《めいあん》だ。きみがやってくれるんだろうね？」クロウタドリがからかうようにいいました。

「ぼくが？」フクロウはびっくりしてききかえしました。「とんでもない。ぼくは、まだ元気でいたいからね」

「ぼくだって、行かないさ。そんなあぶないこと、えんりょしておくよ」ほかの動物《どうぶつ》たちもさわぎたてました。

「これじゃあね……」とノウサギ。

そのとき、ほらあなのおくで、だれかがあくびをしながら「ぼくがちょっくら話してこようかね」と、ねむそうな声でいいました。

動物たちがびっくりしてふりむくと、コウモリがのびをしていいました。「ぼくに行かせておくれよ。あんな気分屋《きぶんや》さん、こわくもなんともないから」

ほかの動物たちが、ありがたくコウモリに道をあけると、コウモリはかるく助走《じょそう》をつけて、ひらひらほらあなの外にとびたち、魔女をさがしにゆきました。

見つけるのに、そう長くはかかりませんでした。とどろくような足音がひびきわたり、「えいえいえい、ほんとにはらがたつ、いらいら！　まったくもう！　ふん！」ときんきん声がきこえたからです。

「魔女《まじょ》さん！」コウモリが声をかけました。「まーじょさん！」

「コウモリかい、気をつけるんだよ」と魔女がうなりました。「おまえにゃ、うらみはないけれど、わたしははらがたっているんだ。なにをしだすか、自分でもわからないからね」

「どうしてそんなにはらがたっているの？」とコウモリはききました。

「どうしてかって？」魔女は大声でいいました。「教えてあげようじゃないか！　わたしがこんなに、はらがたっているのは、なぜなら――なぜなら……えっと……ちょっとまってよ……どうしたのかねえ？　わすれちまったよ、おっかしいねえ！」

魔女は切《き》り株《かぶ》にドスンとこしをおろし、よーく考えはじめました。

「どうしておこっていたのかおぼえていないんだったら、いかりはさめたってことだね」とコウモリ。

「そうだねえ」魔女はびっくりしていいました。「もうおこってないみたいだ。じゃあ、家に帰るとするか」魔女は立ちあがり、足をひきずり自分の小屋《こや》へとむかいました。

「ちょっとまって」コウモリは追《お》いかけて声をかけました。「魔《ま》法《ほう》をぜんぶもとにもどさなくていいの？」

「そりゃそうだ、よく気がついたね」魔女はしぶしぶ、魔法のつえをふりました。

ちちんぷい！　ぷい！　ぷい！　すると、モグラの巣《す》のもり土《つち》はまたヒキガエルに、木イチゴはコケモモに、コケモモは木イチゴに、小えだはまたカタツムリにもどり、小石はキノコへ、そして、松《まつ》ぼっくりはリスへともどりました。

「これでいいかい？」と魔女はたずね、コウモリがうなずくと、よろよろ歩きだしました。「おやおや、なんだかつかれたよ」とつぶやくのが、コウモリにはきこえました。

コウモリはくるりとまわって、ほらあなへひらひら、とんで帰りました。

「もうだいじょうぶ。みんな家にもどれるよ」

「やったあ！」動物《どうぶつ》たちは大声を出しました。

「よくやったね」とノウサギ。

「ごくろうだった」とフクロウ。

そして、みんなびゅんと帰っていきました。

コウモリは大満足《だいまんぞく》で、あたりを見まわしました。そしてあくびをすると、のびをして
「さあ、これでぼくも、とりあえずまたゆっくりねむることができるや！」といいました。

第二章　おこりんぼの魔女《まじょ》、出ていけ

　おこりんぼの魔女が、またまたおこっています！　ほうきをぶんぶんふりまわし、出くわした動物《どうぶつ》たちを、かたっぱしから、追《お》いかけています。

「えいえいえいえい！」ときんきん声の魔女。「つかまえてやる！　えいえいえいえい！」

　ほとんどの動物たちはすな地《ち》にうずまって、ドキドキしながら、危険《きけん》がおさまるまでじっとまっていました。ここでは魔女のすがたは見えませんでしたが、声はきこえました。

「えいえいえいえい！」あざわらうような声がひびきました。「くずどもめ！　おまえたちをどうしてやろうかね！」

　何時間後のことでしょうか、とうとう、魔女が自分の小屋《こや》のドアをバタンと閉《し》めて、けたたましい音はすっかりしずまりました。

ノウサギはやっとのことで起《お》きあがりました。毛皮《けがわ》についたすなをふりはらいながらいます。「こんなの、もたないよ。魔女《まじょ》のおこりんぼは今週もう三度目《ど》だ。こんなんじゃ、ここで安全《あんぜん》にくらしていけないよ」

「いつだって、わたしたちを森じゅう追《お》いかけまわしているか、おかしな魔法《まほう》を考えだしているか、だもの」キツネがぼやきました。

「そうよ。この前、おじさんはアオバエに変《か》えられてしまったのよ。おじさんが家に帰ってきたときには、みんな死ぬほどびっくりしたわ。魔女は数日《すうじつ》たって、ようやく魔法をといてくれたの」茶色ウサギもなげいています。

「おいらなんか、トゲトゲをかたむすびにされちゃったよ！」とハリネズミは大声でいいました。

いろんな話がぽろぽろ出てきました。だれもが、魔女のせいで、こわくてあぶない目にあっていたのです。

「ようするに」とノウサギはいいました。「もう限界《げんかい》だよ。魔女とは話しあいにもならないんだから、ここからいなくなってもらうしかない。出ていけ」

動物《どうぶつ》たちはうなずきます。「でも、どうやるつもりなのさ？」

ノウサギはじっくり仲間《なかま》たちを見まわしました。「きみたちが自分の心配《しんぱい》ばかりしてい

る間《あいだ》に、ぼくは計画をねっていたのさ。いいかい」そして小声でつづけました。「魔女《まじょ》には南に住《す》む妹がいる。あしたみんなで会いにいってみよう……」

「その妹のところに？」とハリネズミがききました。

「ちがうよ！　魔女のところにだよ。それで、こういうのさ。南に住む妹さんが、すぐに来てくれないかと、よんでいますよ、と。そうすれば、しばらく魔女はいなくなるさ。もしかしたらずっとそこにいるかも」

「そんなのにひっかかるかなあ？」ハリネズミがまたききました。「おいらは、どうもしんじられないけど」

次《つぎ》の日、魔女は、妹が自分に用があるということをきくと、その場でほうきを取《と》り、南へとんでゆきました。

「しめしめ、これでいなくなった」とノウサギはいいました。

森の中の生活は、すっかり変《か》わりました。きんきん声もきこえなければ、あらあらしい追《お》いかけっこもありません。すべてがおだやかになりました。

そして数《すう》週間がすぎましたが、おだやかなままでした。なんといいますか、動物《どうぶつ》たちまで、どんどんしずかになっていくような、そんな感《かん》じで……

そんな、ある夕方のこと。秋の太陽《たいよう》のもと、みんなでのらくらしていたとき、ふとハリネズミが「おこりんぼの魔女《まじょ》はどうしているだろう？」といいました。

「知るもんか」ノウサギはあくびをしました。「魔女がいなくなって、しずかさを手に入れたんだから」

「しずかさねえ」とハリネズミ。「魔女がいなくなってから、シーンとしすぎて、つまらなくなっちゃった。ちょっとおかしいと思うかもしれないけど、おいらはあいつがいなくてさびしいよ」

動物《どうぶつ》たちはおたがいに顔を見あわせました。するとキツネが「じつをいうと、わたしもここのところずっと、うんざりしてたの。スリルがなくなっちゃってね」といいました。

「でも……」とノウサギ。

「そうだ！」動物たちが大声でいいました。「もどってきてくれなくちゃ！　おこりんぼの魔女、もどってこい！」

「それに、みんな、ふとっちょになった気がしないかい。魔女からにげなくてよくなってしまったからね」とハリネズミ。

「でも……」とノウサギ。そのとき、二ひきの茶色ウサギがおうだんまくをかかげているのが目に入りました。〝**ぼくたちの魔女はどこ？**〟

「しょうがないなあ」とノウサギはいいました。

「わかったよ。正直《しょうじき》なところ、そろそろぼくも、おなじことを考えていたところさ」

動物《どうぶつ》たちはわたり鳥に伝言《でんごん》をたのむことにしました。わたり鳥はこの時期《じき》、南へとくだるわけで、魔女《まじょ》にもどってくれと、ちょうどたのんでもらえるからです。

今となっては、みんなが、まちわびていました。動物たちは毎日じりじりしながら、空を見あげていました。魔女はどこにいるのでしょう？

とうとう、風のつめたい、どんよりとした午後のこと、空高くに、ほうきにまたがった、見おぼえのあるすがたが見えました。魔女がもどってきたのです！

魔女は森のあき地に着地《ちゃくち》しました。そこでは

みんなが魔女《まじょ》をまちわびていました。ウサギのコーラスは「おかえりなさい、ぼくらの森へおかえりなさい」と歌い、キッツキは花たばをわたしました。

「やあ、なつかしい魔女さん！」みんなが、声をかけます。「旅行《りょこう》はいかがでしたか？南はどうでしたか？」

魔女は感激《かんげき》して鼻《はな》をすすりました。

ノウサギが何度《なんど》かわざとらしくせきばらいをすると、がやがや声はやみました。「シーッ、シーッ！」とハリネズミも声をあげます。

「魔女さん」とノウサギはかしこまった声でいいました。「ぼくたち、おわびをしたいんです。数《すう》週間前にうそをついて、あなたを追《お》いやってしまって、ごめんなさい。もどってきてくださって、とてもうれし――」

「なんだって！！！」魔女はどなりました。「追いやった！　なるほどね！　だから妹はなんにも知らなかったわけだ。だましたんだね！　おまえたち！　えいえいえい！」そういうとノウサギを追いかけはじめました。

ビューン　ビュン、動物《どうぶつ》たちは、いちもくさんににげていきました。クスクスわらいながら、おしあいへしあい、すな地《ち》へむかいます。

「やったあ、もとにもどったぞ」ノウサギは声をはりあげます。「みんな走れ！」

第三章　森のクリスマス

　森のおくふかく、ぬま地をこえて左にまがったところに、大きな大きなもみの木があります。その木の前には、あき地が広がっていました。ここはいつも、物音《ものおと》ひとつしません。動物《どうぶつ》たちは、ほとんど来ませんし、あのおこりんぼの魔女《まじょ》でさえ、森のこの場所《ばしょ》にあらわれることは、めったにありませんでした。ところがクリスマスイブのお昼どき、その木のあたりで、ガサガサ、ゴソゴソ、音がしていました。ほら、いつもの、ノウサギとハリネズミがいますよ。

「このあき地のことだよ」とノウサギはいいました。「ぼくたちのクリスマスパーティーにもってこいの場所だよ。もみの木もある、動物たちがあつまれる場所もあるし、なにより、おこりんぼの魔女の小屋《こや》からはなれているから安全《あんぜん》だもの」

ハリネズミはぶるぶるっと身《み》ぶるいしました。

「魔《ま》女《じょ》の話なんてやめておくれよ」とハリネズミはいいました。「先週もさ、トゲトゲをかたむすびにされちゃったばかりなんだから。思い出すだけでも……」

「はいはい。近《ちか》ごろの魔女ときたら、まったく信用《しんよう》できないからね。それより、きみもこの場所《ばしょ》で賛成《さんせい》なら、ほかの動物《どうぶつ》たちにもここに来るように、話そうよ。それと、クモさんとリスくんに木をかざってくれるよう、たのんでみよう」とノウサギは答えます。

夜もふけはじめると、ほかの動物たちも、あき地にあつまってきました。みんなが大きな輪《わ》になってすわると、ノウサギが「さあ、クリスマス・ソングを歌おう」と声をかけました。

歌はしずかな森にひびきわたり、動物たちは、みんな歌いながら、大きなもみの木を見あげました。クルミや松《まつ》ぼっくりで、それはそれは美《うつく》しく、かざられていました。クモがつむぎだした糸は、銀色《ぎんいろ》にかがやくふわふわした玉になり、何百というホタルたちは、もみの木をあわい光でつつんでいました。

歌いおわると、ノウサギは「これこそほんとうのクリスマスだね、こんなふうにみんないっしょに……」と満足《まんぞく》げにいいました。

「やっぱりだれか足《た》りなくないか」フクロウがいいました。「おこりんぼの魔女は招待《しょうたい》しなかったのかい？」

　ばつの悪《わる》いしずけさがただよい、みんなはノウサギを見ました。

　ノウサギはゴホンとせきばらいをし「よんでいないよ」といいました。「魔《ま》女《じょ》はいないほうがいいもの。クリスマスパーティーを魔《ま》法《ほう》でめちゃくちゃにしかねないよ。魔女の気まぐれといったら、とんでもないからね」

「そのとおり」とシジュウカラがさえずりました。「魔女のやつ、きのうさ、おれのことをもうちょっとでつかまえそうになったのさ。思い出したくもない！」

「おいらなんか先週トゲトゲをかたむすびにされちゃったんだから」とハリネズミは声をはりあげます。

「ぼくの場《ば》合《あい》は……」カササギもつづけます。

フクロウはうなずきました。「たしかに魔女《まじょ》は、思いやりがないね。でも、きょうはクリスマスではないか」

ノウサギはかたをすくめました。「そんなにいうなら、魔女をむかえにいけばいいのに。なぜ行かないの、口先《くちさき》だけ？」

フクロウは立ちあがり、どうどうとして「好《す》きにいっていたまえ」といいました。「だけど、ぼくが弱虫《よわむし》だと思われたらまずいからね。行ってくるか。じゃあ、またあとで……あとがあればだけど」

フクロウは小声でいうと、おそるおそるつばさを広げました。

「もう二度《にど》と会えないかもね」ハリネズミはささやきました。「あいつは、どんなことでもやりかねないんだ。先週なんて、かたむすびを……」

「おい、だまれよ！」ノウサギはいらいら、おちつかないようすです。「フクロウくんを行かせるべきじゃなかったのかもしれない」

動物《どうぶつ》たちはしょんぼりして、ただただ、まつしかありませんでした。

フクロウはおこりんぼの魔女の小屋《こや》につきました。屋根《やね》の上を何回かぐるぐるまわり、窓《まど》のところにおりたち、ちょっとためらいつつも、ひびの入ったガラスを用心深《ようじんぶか》くたたきました。

ドタドタ足音がし、窓《まど》の後ろに、だらしないかっこうの魔女《まじょ》があらわれました。「なにか用かい？」するどい声です。

「メリー・クリスマス。ぼくたち、大きなもみの木のところでクリスマス・ソングを歌っていますが、ごいっしょにいかがかと思い、みんなを代表《だいひょう》してご招待《しょうたい》にまいりました」とフクロウはいいました。

魔女はびっくりしてフクロウを見ました。「みんなを代表して……」と魔女はくりかえしました。そして、それから「わたしに、来てほしいだって？」

「ええ、もちろん。今いったとおり――」しかし、フクロウはいいおわりませんでした。

「そうかい！　わなかもしれないじゃないか。そうだろう？　みんなでクリスマス・ソングを、だって。だまされないよ！」魔女はきんきん声をあげました。

「でも、ちょっときいてください」とフクロウはつづけます。

「きくもなにもないさ！　わたしのかんにんぶくろのおが切れる前に、消《き》えうせろ！　さっさと行け！」

フクロウにできることは、もう、なにもありませんでした。くるりとまわって、ゆっくりととびさりました。

木のてっぺんにフクロウのすがたが見えて、あき地の動物《どうぶつ》たちはほっとしました。

「で？　魔女《まじょ》はなんだって？　教えてよ！」とみんなが声をはりあげました。

フクロウはこしをおろしました。「ぼくはできるかぎりのことをしたのだ。でも、しんじてもらえなかった。ざんねんだよ」と、しょんぼりしていいました。

「おいらはざんねんじゃないよ！」ハリネズミはまたさけんでいます。「先週ね、魔女ったら、ぼくのトゲトゲをかたむすびに……」とそのとき、ハリネズミの目はしげみにくぎづけになりました。「魔女が来た！」ハリネズミは、かんだかい声をあげました。

びっくりして動物たちが顔をあげると、ほんとうに、ほうきによりかかった魔女がいました。魔女は、輪《わ》になったみんなをゆっくりと見まわすと、暗《くら》い夜空におだやかにかがやく、もみの木へ目をむけました。

しばらくの間《あいだ》、魔女はなにもいいませんでした。そして、ため息《いき》をつき「きれいだこと……」と小声でいいました。つづけて「だけど、てっぺんにもかざりがなくちゃね」と大声でいいました。

ちちんぷい！　そのしゅんかん、木のてっぺんに、星のあかりがともりました。

魔女は、にこっとわらって、ちょっとだけてれながら「さあ、これで帰るとするか」といい、立ちさろうとしました。

ノウサギは、ほかの動物《どうぶつ》たちとおなじく口をあんぐり開《あ》けて見ていましたが、ぴょんと立ちあがりました。「帰らないで！」と大きな声でいいます。「ほらほら、あなたも仲間《なかま》なんだから！」

ノウサギは、魔女《まじょ》のところにあゆみより、うでを取《と》って「みんなちょっとつめて」といいながら輪《わ》の中にひっぱりこみます。「どうぞ、おすわりください」

魔女は、おずおずとこしをおろしました。

「次《つぎ》のクリスマス・ソングを」とノウサギ。

動物たちは歌いはじめ、魔女も小さな声で参加《さんか》しました。でも魔女の声は、動物たちがにっこりしてくれるたびに、どんどん大きくなり、とうとう、だれよりも大きな声で歌っていました。

魔女は、歌と歌の合間《あいま》に、だれかが、そでをひっぱっているのに気がつきました。それはハリネズミでした。

「たいしたことじゃないんだけど」とハリネズミ。「でも先週……」

とつぜん、ハリネズミは笑顔《えがお》になりました。

「やっぱり、なんでもないや。メリー・クリスマスだものね」といいながら。

第四章　一年の計《けい》は元旦《がんたん》にあり

一月のはじめ。ノウサギは家の前で、お皿《さら》いっぱいのドーナツとにらめっこしていました。ドーナツを手に取《と》り、ため息《いき》をつきながら、しぶしぶひと口かみつきました。

道のむこうからハリネズミが、ぶらぶらやってきました。ねむそうな顔で、皿の中をのぞきこみます。「朝ごはんかい？」

ノウサギはうなずき、口をいっぱいにして「きみもおひとつ、どうぞ」といいました。

ハリネズミはたじろぎます。「えんりょしとくよ。おいらだって、大みそかにたくさん食べたからね。次《つぎ》の大みそかの夜まで、ドーナツは、もう見たくもないや」

「食べないと、なくならないんだ」と、ノウサギ。

ハリネズミはノウサギの横にすわりこみ、あくびをしました。

ノウサギはもうひとつドーナツを取《と》り、「ことしの目標《もくひょう》は決《き》めた？」とききました。

「目標だって？　おいらが？　とんでもない、そんなことするもんか」

「ぼくはするよ！　いつも、なが〜いリストを作るんだ。ひとりぐらしの動物《どうぶつ》をもっとおとずれてあげる、あんまりいらいらしない、動物たちのおてつだいする、なんてことをね」とノウサギ。

「そのけっか、どうなるっていうんだよ？　来週になったらぜんぶわすれているくせに」

ひややかにわらいながらハリネズミはいいかえしました。

「そんなことないよ。そりゃ、思いどおりにならないときもあるさ。でも、少なくとも目標をたてて努力《どりょく》してるんだから」

「ばからしい」とハリネズミ。「くだらないよ、おいらだったら……」

けれども、ハリネズミだったらどうするのかは、わからずじまいでした。なぜなら、そのしゅんかん、大きなあみが二ひきの上に落《お》ちてきて「イッヒッヒッ！」とけたたましいわらい声がひびいてきたからです。

「たすけて！」ハリネズミは悲鳴《ひめい》をあげ、ノウサギはおどろきのあまり言葉《ことば》をつまらせました。

「イッヒッヒッ！　一投《とう》で二ひきがあみの下。おこりんぼの魔女《まじょ》ここにあり！」

ノウサギとハリネズミは、あみからはいでようとしましたが、できません。あみに魔法《まほう》がかけられていたからです。二ひきはつかまってしまいました。

「イッヒッヒッ！」魔女はひやかしながら、あみのまわりでおどっています。

ハリネズミはいかりのまなざしで魔女をにらみつけました。「そんなふうに、さけんだり、とびはねたりするのはやめておくれよ。おいらは今さっき起《お》きたばかりなんだから。このきたない魚のあみを取《と》っておくれ」

「いやだよ！　おまえたちはずーっとここにいるのさ。なまいきな口をたたいたら、おまえのトゲトゲをニワトリの羽《はね》にでも変《か》えてやる」

「おやおや、とんでもない」ノウサギはなだめました。

「ぼくたちはなにもしていないのに？　おねがいですから、ぼくらの魔法をといてくれませんか？」

「できるけど、いやあだね。ほんのいたずらじゃないか」

ノウサギとハリネズミは目くばせをします。

「次《つぎ》の手は？」ハリネズミがささやきました。

ノウサギがウインクしました。

毛皮《けがわ》についたこなざとうをちょこちょこっとふきとると「そうそう、魔女《まじょ》さん、わすれちゃうところでしたよ。あけましておめでとうございます！」と心をこめていいました。

「こちらこそ」魔女はちょっとめんくらって答えました。

「ことし、なにか目標《もくひょう》はたてましたか？　あら、しつれい、ぼくってばかでした。魔女はそんなことしませんよね」

「するよ。少なくともわたしはね」と魔女はいいました。

「おいらはしないよ」とハリネズミ。「おいらは――」ノウサギはハリネズミをこづきました。

「それはすばらしいことですね」ノウサギはほめちぎります。「考えたこともありませんでした。それで、魔女さんはどんな目標をたてたんですか？」

「いつもどおりさ。いらいらしない、動物《どうぶつ》たちをいじめない……」

「いったろ！　なんのけっかも出てないじゃないか」ハリネズミはばかにしていいました。

「おや、そんなことないさ！　それじゃ教えてやろう。おまえのそのトゲトゲを今すぐニワトリの羽《はね》に変《か》えてやる！」と魔《ま》女《じょ》はさけびました。

「ハリネズミくんがいいたかったのはね」すばやくノウサギがいいました。「ちょっとへんだなあ、ということです。魔女さんは動物《どうぶつ》たちをいじめないことにしたのに、ぼくたちの上にあみをなげて、つかまえているでしょ」

「そうさ、なかなかすぐれたいたずらだろ？」と魔女はクスクスわらいました。「おや、ちょっとまてよ。つまり……これは『いじめる』ということなのかい？　それこそ、わたしがやめようとしていることだねえ……」

魔女は考えこみました。そして、大きくため息《いき》をつきました。「だったらこれが最後《さいご》さ。もう、目標《もくひょう》はたてないことにしよう。楽しみがなくなっちゃうもの。ふん！」

魔女はぶつぶつ、じゅもんをとなえました。とたんにあみはほどけ、魔女はそのあみをたぐりよせると、晴ればれしない顔で「さよなら」といいました。

ノウサギは「ドーナツをどうぞ」とさしだしました。

「いただきます」魔女はかぶりつきながら家に帰りました。あみをずるずるひきずって。

「ふう。これまた一件落着《いっけんらくちゃく》」ノウサギは、ほっとしていいました。

「よくやったね」とハリネズミ。「おいらたち、すごく頭がいいよなあ。魔女のこまった顔といったらね」

ノウサギは満足《まんぞく》してうなずきました。

「ほらね。目標《もくひょう》をたてる気になったでしょ？」

「そうだね。おいらもすぐにリストを作ることにしよう。ねえ、ひとまず、そのドーナツでもおくれよ！」

第五章　魔《ま》法《ほう》の本

フクロウは森の上、空高くをとんでいました。なにしろ、とびまわっているのがいちばん安全《あんぜん》だったからです。高くとぶほど安全なのですが、それでも、ぜったいにだいじょうぶとはいいきれません。下に見える森はまるで死んでほろびてしまったようだからです。フクロウはため息《いき》をつきました。そう、動物《どうぶつ》たちの生活はこのところ、楽《らく》ではありませんでした。それはもちろん、またまた、あのおこりんぼの魔女《まじょ》のせい。

ここ数《すう》週間、なんともごきげんななめなこと。次《つぎ》から次へと動物たちをおそっていました。三びきのリスたちは森ネズミに変《か》えられてしまいました。茶色ウサギをぜんぶ青色にしてしまいました。「わすれ薬《ぐすり》」をそこらじゅうにまいたり、「消《き》え薬」を川にながしたり……動物たちはせいいっぱい、かくれました。みんな、びくびくしています。

あっ、下を見て。あそこにあの魔女《まじょ》がいますよ。いったいなにをしているのでしょう？　おや、薬草《やくそう》をさがしているみたいです。つまり、ろくなことにならないということです。フクロウはさっと、つばさをひるがえし、その場からはなれました。

今度《こんど》は魔女の小屋《こや》の上をとんでいます。めちゃくちゃくさいにおいのけむりが、えんとつから立ちのぼっていました。部屋《へや》の中ではきっとまた、ぞっとするような魔法《まほう》の薬《くすり》が、グツグツ煮《に》えたぎっているのでしょう……でも、あれはなに？　シダの間《あいだ》でなにかがうごいています。見たことがあるような……そうです！　こっそり近よってくるのは、ノウサギとハリネズミでした。

あやしい。これはもっと知る必要《ひつよう》があるな、とフクロウは思いました。そしてぐーっとさがって、仲間《なかま》のまん前にまいおりました。

「やあ、きみたち、なにをしているのだい？」

「わああっ！」とハリネズミはさけび、地面《じめん》にひれふしました。

ノウサギはつまずいてしまい、むっとしながら、やっとの思いで立ちあがりました。あわてて「シーッ！」といいます。「うるさいよ！」

「死ぬほどびっくりしたよ」とハリネズミは息《いき》を切らし、いいました。「計画がだいなしになっちゃうじゃないか！」

「ぼくはただ、きみたちがここでなにをしているのか知りたかっただけだよ」フクロウはびっくりしていいました。

「しずかに、しっ！」とノウサギがささやきました。「魔女《まじょ》にきさつけられたらおしまいだよ」

「魔女なら、ずっとあっちにいる」とフクロウはしめしました。「すな地《ち》よりまだむこうだよ」

ノウサギは、ほっと息をつきました。「それはよかった。もう少し時間がありそうだ」そしてすばやく、あたりを見まわしました。

「フクロウくん。ハリネズミくんとぼくは、とあることをたくらんでいてね」

「なにをしようというのだい？」

「魔女《まじょ》のいじめ対策《たいさく》さ。魔法《まほう》の本をぬすむんだ！」

「まっまっまっ、魔法の本を」びっくりしてフクロウは言葉《ことば》につまりました。

「そうさ！　これで魔女もぼくたちに手出しできなくなるんだ。いくつかのまじないは暗記《あんき》しているだろうけど、いろんな薬《くすり》の作り方《かた》なんかは、その本にのっているだろうからね」

「どこにおいておくつもりなのだい？」

「うちの本だなの下だよ」

「それが……見つかってしまったら……」

「見つかりっこないよ」とハリネズミ。「動物《どうぶつ》たちみんなのおうちにある本だなの下を見るなんて、できっこないだろ！」

「いそいで」ノウサギはいいました。「すぐに目の前に魔女が来るぞ。フクロウくん、みはりをたのむよ。ハリネズミくん、さあ行くぞ！」

フクロウはピリピリしたおももちで、おんぼろ小屋《ごや》の屋根《やね》にまいおりました。室内《しつない》からガタガタ、ヒソヒソきこえます。とにかく、早くしてくれればいいのですが。

おや、あそこにいるのは魔女じゃないのか！　フクロウの目にうつったのは、遠くの、ひくい木の上にのぞく、とんがりぼうしでした……。

屋根《やね》をドンドンドンと足でたたきます。「魔女《まじょ》が来たぞ！　にげたまえ！」

小屋《こや》のとびらがパッと開《ひら》きました。ノウサギとハリネズミは、大きなぶあつい本をひきずりながら出てきました。「魔女をひきとめておいて！」とさけぶと、息《いき》を切らし、よろめきながら、森の中へすがたを消《け》しました。

あやういところでした！　うでに、とがった葉《は》っぱでいっぱいのかごをかかえて、魔女はよたよた、もうそこまでやってきていました。魔女は空を見あげることもなく、よたよた小屋の中へ入り、とびらをバタンと閉《し》めました。

フクロウは太い木のかげに、かくれました。ドキドキしながらまちかまえます。いつ魔女が気がつくでしょうか？

「えいえいえい！」とつぜん小屋から、するどい声がひびきました。「わたしの魔《ま》法《ほう》の本が！　どろぼうだ！　ぬすっとだ！　えいえいえい！」

魔女は外にとびだしました。ドスンドスン足をふみならしながら、とびらの前に立っています。じーっとまわりを見わたしました。

「そこのおまえ！　フクロウめ！」

フクロウはおそろしさのあまり、羽《はね》がさっとつめたくなるのを感《かん》じました。魔女に見つかってしまった……

「フクロウや、こっちへおいで。さもないとおまえをゴキブリに変《か》えてしまうぞ！」

ぶるぶるっとふるえ、フクロウは魔女《まじょ》のところへとんでいきました。

「どこにやった？」とどなる魔女。「はくじょうせい！」

「なんのことだろうか？」ほとんど声にもなりません。

「わたしの魔《ま》法《ほう》の本が消《き》えたのさ！　おまえ、もしかしたら、知っているんじゃないか？」

「まっ、魔法の……いや、まったく知らないなあ。知らないよ」口ごもりながらフクロウは答えました。

「わたしの小屋《こや》のまわりで、だれか見かけなかったかい？」

「ぜんぜん。でも、見たかな？　ちょっとまてよ。そうだ、見たな」

「だれを見たのかい？」

「だれって、男の人、男性《だんせい》だったかな。そっちから来て、あっちへ」フクロウは小屋の後ろをしめしました。

「そいつはなにか持《も》っていたかい？」

「えーと、うん、うでになにかかかえていたような気がする。茶色っぽいものを」

「どのぐらいの大きさ？」

「大きな本ぐらいの大きさだね」

「わたしの魔法《まほう》の本だ！」魔女はきんきん声でいい、くるっとまわると、フクロウがゆびさした方角に走りさりました。

フクロウは羽《はね》を広げて、おちつこうとしました。なんて、おそろしい！　しかもフクロウはうそが、なんてへたなこと。しかし、いずれにしても、魔女はしばらくは遠くにいます。フクロウはくるっとまわってノウサギの家にむかいました。

「魔女はかんかんだぞ！」フクロウはノウサギの家にとびこみ、息《いき》を切らしてさけびました。「でも、ぼくが反対《はんたい》の方向に追《お》いやっておいた」

ノウサギとハリネズミはきく耳を持《も》ちませんでした。本だなの前で魔法の本を読みふけっています。

「フクロウくん、ちょっと見てよ」とハリネズミはいいました。「これぜんぶ、作り方《かた》だよ。なんてふくざつなんだろうね！」

「これはちがうぞ、『消《き》え薬《ぐすり》』だって」ノウサギはこうふんして読みあげます。「この材《ざい》料《りょう》だったらぼくの家にあるし、必要《ひつよう》な薬草《やくそう》も、家の前にいっぱいはえてるよ」

「こんなに、かんたんだとはね。これなら、ぼくたちにも作ることができそうだね」

ノウサギとハリネズミは目と目を合わせました。「やってみる？　ためしてみるだけ……」

「いけないよ」とフクロウ。「たいへんなことになるだけだぞ」

そういったときには、ノウサギとハリネズミはさっさと作りはじめていました。またたく間《ま》に火の上ではなべがグツグツ煮《に》え、くさいにおいが部屋《へや》じゅうにただよいました。

フクロウは頭をふりふり、部屋のすみにすわりました。けむりがのどをつきます。「窓《まど》をあけてもいいかな？」フクロウがききました。

「だめだよ！」ノウサギはぎょっとしていいました。「魔女《まじょ》がにおいをかぎつけたら、つかまっちゃうよ！」ノウサギはなべをもう一度《いちど》ぐるっとかきまぜて、火からおろしました。

「できあがり！　これが消《き》え薬《ぐすり》だよ。これをだれかの上にふりかけると消えてしまうのさ。パッ、ボンでいなくなる」

なんとも、ばつの悪《わる》いしずけさがただよいました。

「さあてと」とわざとらしく元気にハリネズミがいいました。「それでなにを消そうか？」

「魔《ま》法《ほう》の本だよ」気むずかしい声でフクロウは答えました。

「だめだめ、そんなのもったいないよ」

「このお皿《さら》なんてどうだろう」ノウサギはお皿をテーブルのどまんなかにおき、まよいつつもなべを上まで持《も》っていきました。

「ノウサギくん、おいらにさ、おいらにやらせてくれよ」ハリネズミはそういうとなべに手をのばしました。

「手を出すなよ」ノウサギはよけました。

「ひどいよ、おいらだっていっしょにそいつを作ったんじゃないか。よこせよ！」

「そのなべをこっちへかすのだ」とフクロウはおちつかないようすでいいました。「とんでもないわざわいが起《お》きそうだ」

ハリネズミはなべにとびつき、ノウサギはなべをひょいと持ちあげ、なべはぐらっとかたむき……そして消《き》え薬《ぐすり》はぜんぶハリネズミの上にかかってしまいました。ハリネズミは気分が悪《わる》くなり、目を閉《と》じます。

ハリネズミが次《つぎ》に目を開《あ》けたとき、部屋《へや》はとっても大きくなっていました。上を見てみると、仲間《なかま》もまた、大きくなっています。ノウサギとフクロウはぎょっとした目で、マットの上にいる、小さな小さなハリネズミを見つめていました。

「ぼくたち、なにかまちがえたみたいだね」とうとうノウサギは小声でいいました。「よくかきまぜなかったとか」

「おそろしや」フクロウがつぶやきました。

「まあ、まだいいようなものだ。完全《かんぜん》に消《き》えていたかもしれないのだぞ」

「まだいいだって？」ハリネズミがピーピーいいました。「おいらが大きくなれるようにしておくれよ！」そしてかんかんになって外にとびだしていきました。


数日後《すうじつご》、ノウサギの家の近くで日にあたりながら、フクロウとハリネズミは悲《かな》しそうな顔ですわっていました。

「こんなに小さいまんまでいるのは楽《らく》じゃないよ」とハリネズミはぶつぶついいました。

「日を追《お》うごとにおかしくなってくる」フクロウはため息《いき》をつきました。「ノウサギくんの家の前のあの木を見てごらんよ」

「みきが、ワインオープナーのようにぐるぐるまきになっているよ！」ハリネズミは声をあげました。

「それに、茶色ウサギさんたちがみんな、うすみどり色になってしまったのだ」フクロウはぶるっとしました。

「ノウサギくんは魔法《まほう》の本をためしているのさ」ハリネズミはぴりぴりしています。「あんなやつが仲間《なかま》とはね。ふーんだ！」

「このままでは、いけない」とフクロウ。「あの本はなくなるべきなのだ」

「でもでも、おいらは？　茶色ウサギさんたちは？　今だったらまだ、ノウサギくんがもどしてくれるかもしれないんだぞ」

「それか、むしろもっとひどいことになるか。それに魔女だってそろそろ気がつくだろう。あの魔女が……」フクロウは考えこみました。「魔女ならもどしてくれるかもしれない」

「そりゃそうだけど、でも、ぼくが魔法の本をぬすんだことがばれたら、まずいよ」

「いや、うまくいくかもしれない」とフクロウはいいました。「ノウサギくんから魔法の本をぬすんで、魔女にかえすのだ。ノウサギくんがめちゃくちゃにしたのをもどしてくれるということを条件《じょうけん》に」

「そんなことしてくれるわけがない」ハリネズミはがっかりしていいました。「あの魔女はしないさ。それに、どうやって魔法《まほう》の本をぬすもうっていうんだい？　ノウサギくんは家にこもりっぱなしなんだから」

「ぼくがトントンってとびらをたたく。とびらが開《ひら》いたら、きみがするりと入って、かくれるのだよ。きみはこんなに小さいんだから、ノウサギくんはぜったいに気がつかないさ。ぼくががんばって本を取《と》りあげるが、もしだめだったら、こんばん、ノウサギくんがねむったころにドアを開《あ》けてくれれば、夜中にいっしょにぬすめるだろう」

ハリネズミは立ちあがりました。「やってみよう」

しばらくして、フクロウはノウサギの家のドアをノックしました。なにも起《お》こりません。しかし、フクロウがもう一度《いちど》ノックすると、ドアが少し開《ひら》きました。ひどいにおいが、もくもく外へただよってきました。

「ふむ、ノウサギくん」とフクロウはいい、そのしゅんかん、ハリネズミはするりと家の中に入って、本だなの下にふせました。「その後いかがおすごしかな？」

ノウサギはおちつかないようすで目をぱちぱちして「最悪《さいあく》さ」と答えました。「ひどいものさ。それより早く中へ入って。魔女がにおいをかぎつけてしまうから。まあ、もう見つかってもかまわないけど。でもね……」

「なにを作っているのだい？」フクロウは中に入りながらたずねました。

「消《き》え薬《ぐすり》だよ」

フクロウは、思わずあとずさりしました。

「こわがらなくていいよ。これは、ぼくのためのものだから」

「自分のため？」

「そうだよ」ノウサギはため息《いき》をつきました。「なにもかもが失敗《しっぱい》さ。はじめは、ぼくのせいでハリネズミくんが小さくなっちゃった。だから次《つぎ》は大きくもどそうといろいろやってみたんだよ。正しいじゅもんをとなえたと思ったのに、そのしゅんかん、ウサギさんたちがみんな、みどり色になっちゃった。そして次になにかにやったら、そこの木のみきがぐるぐるまきになっちゃった。ぼくにはできないんだ。だから、もうおわりにしようと思って。消え薬を自分にかけて消えてしまうんだ」

「そんな、そんな……」びっくりしてフクロウはいいました。

でもそのつづきはいいおわりませんでした。なぜなら、とつぜんドアがいきおいよく開《ひら》いたからです。げんかん先にはおこりんぼの魔女《まじょ》が立っていました！

「おやおや！」と魔女はきんきん声をあげました。「くんくん、におう。消え薬だね。おまえはひどいことをした。いじくりまわしてくれたね！　わたしの魔法の本をおかえし！」

　ノウサギは言葉《ことば》が出ませんでした。しかしフクロウはすばやく消《き》え薬《ぐすり》の入ったなべの前に立ち、思いっきり、ゆうきを出していいました。「本はおかえしします。でもそのかわりに、手ちがいで起こったこのありさまを、魔法《まほう》でもとどおりにしてくれませんか」
「するわけないだろ。その本をここにおよこし。さもないと、おまえたちをゲンゴロウに変《か》えてしまうよ！」
　フクロウはなべを火からおろしました。「ノウサギくんがちょっとだけめちゃくちゃにしてしまったものを、もとにもどしてくれないというのであれば、消え薬を魔法の本にかけてしまうよ！」

「やめるんだよ！」と魔女《まじょ》はいい、魔法《まほう》のつえを取《と》りだすと、ぐるぐるっとまわして、なにかつぶやきました。

本だなの下にいたハリネズミは、くらくらっとしました。そして、頭をゴツン、はげしくぶつけました。

「あいた！」ハリネズミは大きな声をあげ、本だなの下からぼうっとはいでてきました。

「ハリネズミくん！」ノウサギはびっくりしました。「とつぜん、どこから出てきたんだい？　それに……もとの大きさにもどってる！」

フクロウは外を見ました。「木ももとどおり、まっすぐになった。それにほら、ウサギさんたちも茶色になっているぞ」

「消《き》え薬《ぐすり》も消えちまったよ」と魔女。「そら、わたしの魔法の本をおかえし。ほらちょっと、早くおし！」

「はい、どうぞ！」ノウサギもフクロウもハリネズミも、声をそろえていいました。「どうぞ、すぐにお持《も》ちください。それに、ありがとうございました。魔女さんって、なんてすごいんでしょう。かんしゃします！」

魔女はてれて赤くなりました。本を受《う》けとると、かけ足で帰っていきました。

目をきらきらさせながら、仲《なか》よし三人組は顔を見あわせました。

「おいら、また大きくなったよ」とハリネズミ。
「すべてまるくおさまったな」とフクロウ。
「あのいまいましい本ともおさらばさ」とノウサギはいいました。

第六章　おこりんぼの魔女《まじょ》は病気《びょうき》

きょうは雨ふり。しげみの下でノウサギとハリネズミは雨《あま》やどりです。

「ずっと雨だね」とゆううつなハリネズミ。

「でもここにいれば、ぬれないでしょ」とノウサギ。「葉《は》っぱに落《お》ちるしずくの音をきいているのも、なかなか楽しいと思うけど」

「**わあああー！**」ハリネズミはさけび声をあげました。

「どうしたの？　どうしたんだい？」

「おいらの首にしずくが落ちてきたんだ！」ハリネズミはプンプンしていいました。「ああ楽しい。でも、ぬれるのはごめんだよ」

「なんでそんなに、ごきげんななめなんだい。なんか気になることでも？」

「ないよ。ただ、ここって、おこりんぼの魔女《まじょ》の小屋《こや》からとても近いだろ。だから早く雨があがってくれれば、とっとと帰れるのに、と思ってね」

「おこりんぼの魔女ね」とノウサギは考えこみました。「けさ、ちょうど魔女のことを考えていたんだ。しばらく見てないからなあ」

「それはよろこばしい」とハリネズミはいいました。「魔女に会わなければ会わないほど、けんこうのためにいいんだから」

「最後《さいご》に魔女を見たのっていつ？」

「えっとね、先週だったと思うよ。そういえば、きみのいうとおり。おいらも、しばらく魔女に会っていないよ」

「病気《びょうき》かな？」

ハリネズミはかたをすくめました。「それだったら自分でなおせるだろ。あれだけまじないを知

っているんだから」
「もしかしたら、ころんで、ほねをおったとか」
「それとも、ぼくたちをさんざんな目にあわせようと、いじわる計画をひそかにねってい
るのかもよ」
ノウサギはおちつかないようすであっちこっち行ったり来たりしました。「やっぱりち
ょっと見てこようかな。こんなに近くにいることだし。もしかしたらなにかまずいことに
なっているのかもしれない。魔女《まじょ》だってやさしいときもあるからね」
「やさしいときが、そんなしょっちゅうでないのがざんねんだね」とハリネズミはつぶや
きました。
「きみもいっしょに行くだろう？」
「おいらが!?　じょうだんじゃない。あいつは、おいらのトゲトゲにむすび目を入れたん
だから、これっぽっちもしんじられないね。行くわけないでしょ。ひとりで行ってよ」
葉《は》っぱに落《お》ちる雨の音が、やんでいました。ノウサギは外を見ます。
「雨はあがったね」ノウサギはかくごしました。「じゃあ、ぼくは行ってくるよ」そして
ちょっと立ちどまると、大きく息《いき》をすいこみ「行かなきゃ」といいました。そして「行っ
てきます！」と外へとびだします。

ハリネズミは首をふりふり、ノウサギを見ていました。もう、ばかなんだから。信用《しんよう》しすぎなんだ。ノウサギくん、きっと、まっすぐやつの家に入っていくんだ。そして、そのまま二度《にど》と……

「ノウサギく〜ん！」ハリネズミはひっしによびとめました。

ノウサギは立ちどまりました。

「まってよ。やっぱりおいらも行くよ。でも、どう考えたってばかげてるけどね」

「それはよかった」ノウサギはうれしそうにいいました。「さあ、行くぞ」

しばらくするとノウサギとハリネズミは魔女《まじょ》の小屋《こや》の前につきました。ノウサギはとびらをノックします。返事《へんじ》はありません。

ノウサギはもう一度《いちど》ノックしました。

「だれだい？」弱々《よわよわ》しい声がしました。

「ノウサギとハリネズミです」

「中にお入《はい》り。わたしは病気《びょうき》でね」

「ほらね」ノウサギはささやきました。

「わなかもよ」ハリネズミはささやきかえしました。「部屋《へや》に入ったとたん、つかまっちやったりして」

ノウサギはかたをすくめ、中に入りました。ハリネズミはしぶしぶついてゆきます。

小屋《こや》の中はけむりがこもっていました。魔女《まじょ》はぶあついもうふにくるまって、ベッドに寝《ね》ています。とても青白い顔をしていました。

「なにしにきたんだい？」しゃがれ声で魔女はききました。

「しばらくお会いしていなかったのでね」とノウサギはいいました。「だから心配《しんぱい》してたんだよ。ぼくたちにおてつだいできることはある？」

「病気《びょうき》をなおす、まじないはないの？」とハリネズミはききます。

「あるよ」と魔女。「でも、それには薬草《やくそう》

をせんじた飲《の》み物《もの》がいるのさ。薬《くすり》はほとんどできあがっているんだけど、あと、ニワトコの花とカバの木の葉《は》っぱを入れるんだ。ちょうど切らしちまっていて、でも、外に取《と》りにいくには病気《びょうき》がひどくてねぇ」

「ぼくたちが取ってきてあげるよ」とノウサギはいいました。「それに、あとで作り方《かた》を教えてくれたら、ぼくがその薬をしあげてあげるから。ハリネズミくん、さあ行こう」

「また雨ふりだ……」とハリネズミ。

「わかったよ。じゃあ、ここにのこるんだね。ぼくはすぐにもどるから」

ハリネズミはビクビクッとして魔女《まじょ》をのぞきました。「いやいや、これくらいの雨はしょうがない。おいらも行くよ」

二ひきはじきにもどってきました。ノウサギは、ニワトコの花とカバの木の葉っぱを、ハリネズミは大きな花たばをかかえていました。

「ただいま」ノウサギは毛皮《けがわ》から雨をはらいおとしました。「さあ、作り方を教えて。その間《あいだ》にハリネズミくんがごはんを作ってくれるから」

魔女はしゃがれ声で指示《しじ》します。すぐに小さな部屋《へや》じゅう、薬草《やくそう》とごはんのいいにおいでいっぱいになりました。薬ができあがると、魔女はごくごくと飲みくだし、ぶつぶつ、じゅもんをとなえました。

ハリネズミは耳をそばだてましたが、ほとんどききとることができませんでした。

「ほう」と魔女《まじょ》。「ずいぶんと、なおってきた気がするよ。あと二、三日したらよくなるだろう」

「なおりはじめは、むりしないようにね」ノウサギは注意《ちゅうい》しました。「まだまだ体がよわっているから」

「ほんとうだね。だれかを松《まつ》ぼっくりに変《か》えられるようになるまでには、まだまだあと何週間もかかりそうだよ」

「そんなにいそぐのは、ぜったいよくないよ」すばやくハリネズミがいいました。「とってもあぶないんじゃないかな。さあ、魔法《まほう》の品《しな》をテーブルからかたづけて。ごはんにしよう」

ノウサギとハリネズミが家へと歩いていたとき、雨はまだやんでいませんでした。

「あしたもおてつだいにいこうか?」とノウサギがききます。「しばらくはひとりでなにもできないだろうからね」

ハリネズミはうなずきました。

「しばらくは魔法も使《つか》えないからね。しめしめ」ハリネズミは満足《まんぞく》していいました。

第七章　ひとりぼっちになりたいノウサギ

ノウサギは、家の前でひたいのあせをぬぐっていました。なんて日だ！　いちばんはじめにカラスがやってきて何時間も話していったし、次《つぎ》にフクロウがパーティーの計画をつたえにやってきた。そのあとはモグラの一家《いっか》がげんかん先にあらわれて、おうちを作るのにいいところを知らないかとたずねてきたし、まだ帰らないうちに、クロウタドリまでやってきた。ずーっとこんな調子《ちょうし》です。きょうだけでなく、毎日がこのようなくりかえしでした。

「いそがしすぎて、どうにかなっちゃいそうだよ」とノウサギはぼやきました。「えーっと、きょう来なかったのは、あのおこりんぼの魔女《まじょ》だけじゃないか」

「ヤッホー」とそこに、きんきん声がしてきました。「みじめな顔をして、どうしたんだい」

「こいつもか」とノウサギ。「いえいえ、どうも魔女《まじょ》さん、こんにちは魔女さん。ぼく、ちょっとつかれていてね、はい」

「休んだほうがいいよ。おまえを松《まつ》ぼっくりに変《か》えてやろうか？　と−ってもよく休めるよ。イッヒッヒッ」クスクスわらいながら魔女は通りすぎてゆきました。

「おそろしいや」とノウサギはつぶやきました。「でも、あたっているのかも。休んだほうがいいな。ひとりぼっちになるんだ。つまらないことはぜんぶわすれて」

いろいろ考えをめぐらしながら、ノウサギはじっと前を見つめていました。それからとつぜん、くるっとふりむいたかと思うと家の中に走りこみます。しばらくしてノウサギは小さなトランクを持《も》って外に出てきました。そしてドアにメッセージをはりました。

長い長い間《あいだ》
るすにします

そしてぐるりと見まわしました。だれも見あたりません。ノウサギは森の小道をこっそりとかけだしました。そっとそっと、だれにも気づかれないようにね。そうでもしなかっ

たら、みなに居場所《いばしょ》が知られて、けっきょく……

「やあ！」真上《まうえ》で声がしました。

ノウサギはぴょんととびあがり、おどろきのあまり青い顔で、上を見ました。えだの上でクロウタドリがじろじろノウサギをながめていました。「なにをこそこそしているんだい？　なにかくすねたのか？」

「シーッ！　そんな大声出すなよ！」とノウサギはいいました。

「どうしたんだい」とクロウタドリはたずねました。「思いかえしてみると朝からおかしかったよね。そのトランクになにが入っているんだい？」

「パンだよ」とノウサギ。「それとぼ

くの絵の道具《どうぐ》さ。ぼく、いなくなるんだ」

「いなくなるって？　どうして？　どこへ？」

「休みたいんだ！」ノウサギはがみがみいいました。「ひとりぼっちになりたいんだ」

「さあてね」とクロウタドリ。「そんなの二日ともたないさ。少し早く寝《ね》るようにするだけでいいんじゃないかい？」

「いや、だめだ。しばらくの間《あいだ》、だあれも見たくないんだ。少なくとも数《すう》週間はね」

「あしたになったら、きっともどってくるさ」

「そんなことないよ！　しばらくぼくは帰ってこないからね。じゃあね！」

むっとしてノウサギは先へすすみました。

クロウタドリは首をふりふり見つめました。小声で「あれじゃ、むりだろうね」といいながら。「きっと、もたないさ。とにかく、みはっといたほうがいいな」どこへ行くやらと、クロウタドリはノウサギのあとを、じゅうぶん距離《きょり》を取《と》って追《お》いかけました。

ノウサギはまったく気がつきませんでした。どんどん、ずんずんとつきすすんで、ここならひとりぼっちになれる、と思うところまで来ました。

ノウサギはこしをおろしてトランクをひらくと、パンを食べました。「休みだぞ」ノウサギは満足《まんぞく》していいました。

ノウサギはひとりぼっちでいることがとても気に入《い》りました。ずっとおさんぽしたり、たくさん絵をかいたり。でも、やっぱり何日かするとおちつかない気分になってきました。みんなどうしているだろう？　ぼくがいなくてさびしいかな？　あのモグラくんたちは、もう家が見つかったのかなあ？　ああ、ぼくが気にすることじゃないや、だってお休みちゅうなんだもの。

スケッチブックを手に取《と》ると、えんぴつで木をかきはじめました。でも、心ここにあらずです。しばらくすると、木をかいていたはずなのに、クロウタドリそっくりな鳥ができあがっていることに気がつきました。

「おかしいなあ」とノウサギは声を出しました。「気晴《きば》らしのつもりだったのになあ。ぼうっとしていたら、クロウタドリくんのしょうぞう画《が》になっているじゃないか！」

ノウサギはあれこれ考えをめぐらしながら、えんぴつをかじりました。そしていきおいよくかきだしました。クロウタドリのとなりにフクロウを、そのとなりにハリネズミとコウモリを、そしてリスとカラスも。紙はノウサギの知っている動物《どうぶつ》たちの絵でいっぱいになりました。そしていちばん上のかどっこに、ほうきにまたがった、おこりんぼの魔女《まじょ》をかきました。そしてスケッチブックを下におくと、ゆっくりとおさんぽをはじめたのでした。

ノウサギがその場をはなれるやいなや、クロウタドリがとんできました。きょうみしんしんでその絵をのぞきこみ、ふんと鼻《はな》を鳴らしました。

「ほーら、思ったとおり！　ホームシックにかかっているよ。友だちみんなをかいているなんて。あのおこりんぼの魔女《まじょ》まで、やさしい顔にかいてある。よっぽどさびしいんだろうな。かわいそうに」

ちょうどそのとき、後ろでとぼとぼ足音がし、クロウタドリはびっくりしました。大あわてでとびたち、ノウサギにかたごしに声をかけました。「やあ、ノウサギくん、たまたま通りかかったんだ。じゃあ、おれはもう行くよ。だって、きみはひとりになりたいんだもんね。じゃあ、また数週間《すうしゅうかん》後に会おう」そういうと、クロウタドリは去《さ》ってゆきました。

ノウサギは目をぱちくりしてクロウタドリのすがたを見つめました。「数週間だって。

どうにもこうにも、もたないよ！」

ノウサギは自分の絵を見ました。「みんなに会えなくてさびしいよ」と悲《かな》しげです。ノウサギはすわりこみました。「ふつうに帰ればいいんだろうけれど、そうしたらクロウタドリくんが、ほら、いったとおりじゃないか、っていうだろうからな」

ノウサギはため息《いき》をつき、一点をじっと見つめていました。だんだん暗《くら》くなってきます。ノウサギは身《み》うごきひとつしません。すると、とつぜん、遠くに光が見えたではありませんか。しかもその光はゆらゆらしています。その後ろからも光がきらきら、そしてもうひとつきらきら。きらきらがいっぱいです。どんどん近づいてきて、とうとうノウサギの耳にも、歌声がとぎれとぎれにきこえてきました。まるでパレードみたい！

もっとよく見ようと、ノウサギは立ちあがりました。きらきらはさらに近づいてきて、先頭の人の顔が見えそうです。あれはまるで……いちばん前を歩いているのは、クロウタドリでした。その後ろには、ハリネズミやフクロウやリスなど、ノウサギが知っている動《どう》物《ぶつ》たちみんなが、ちょうちんをぶらさげてつづいていました！

「やあ！」ノウサギはできるだけ大きな声を出しました。「やあ、みんな！」

行列《ぎょうれつ》はもう、すぐそこまで来ていました。歌声は耳をつんざくようです。

「止まれ!!」とクロウタドリがさけびました。みんな立ちどまります。

「ノウサギくん」とクロウタドリ。「きみのひとりぼっちをじゃましてしまって、きっとかんかんだろうけど――」

「そんなことないよ！」ノウサギは大きな声でいいました。

「――じつはこんばん、大きなパーティーがあるんだ。モグラの一家《いっか》がやっと家を見つけたから、みんなでおいわいをするんだ。いっしょにどうかと思って、きみをさそいにきたんだよ。モグラくんたちにすばらしいアドバイスをしてくれたのはきみだからね」

「ぼくも、ぜひパーティーにおじゃましたいよ」目をかがやかせてノウサギはいいました。

クロウタドリはちょっとからかってウインクしました。「あしたになったら、ひとりぼっちにもどってくれてもいいんだけど。そしたら――」

「そんなことないよ」すぐにノウサギは答えました。「みんなといっしょに帰って、そのまま家にいることにするよ」

「ほんとうに、もうお休みはいらないのかい？」

ノウサギとクロウタドリはおたがいを見て、そしていっしょにわらいだしました。

「行こう」クロウタドリはノウサギのかたをたたきました。「早くしないとパーティーのはじまりがおそくなっちゃうよ」

「ちょっと荷物《にもつ》を取《と》ってくるよ」とノウサギはいいました。「それと……みんながいなくて、とってもさびしかったよ」

「やったあ！」動物《どうぶつ》たちは大声をあげました。みんなぐるっとまわって、またまた行列《ぎょうれつ》がうごきだしました。おうちにむかって。とちゅうでノウサギは、みんなとおしゃべりしました。魔女《まじょ》の小屋《こや》の前を通りすぎたときには、おこりんぼの魔女にごきげんようと声をかけたほどです。そしてノウサギはパーティーでダンスしすぎて、そのあと何日も筋肉痛《きんにくつう》になったのでした。

第八章　寝《ね》起《お》きが悪《わる》い

ノウサギは朝早く目がさめました。家をとびだしてあたりを見まわし、いいました。

「ヤッホー！　きょうはいい天気になりそうだ！」

ノウサギはスキップしたり、走りはばとびで、切《き》り株《かぶ》の間《あいだ》をとびはねたりしました。

「うれしいな！」と声も高《たか》らか。「走るの、気持《きも》ちいいな！」

思いっきり走って、小川にそって力いっぱいかけぬけていきました。おや、水辺《みずべ》で思いにふけっているのはだれでしょうか？　それはハリネズミでした。

「やあ、ハリネズミくん。きみももう起《お》きたの？　なにをしているんだい？」

「なにもしていないよ」ハリネズミはふさぎこんでいます。

「どうしてなにもしてないのさ？　ぼくは気持ちよくジョギングしててね、ちょうど今、

だれもいっしょに走ってくれなくてざんねん、って思ってたところなんだ。きみもいっしょにジョギングなんてどうかい？」

「いいや、けっこう」

ノウサギは気がかりでハリネズミのまわりをぐるっとまわりました。

「どうかしたの？」

「なんでもないさ」

「よくねむれなかったの？　悪《わる》い夢《ゆめ》でも見たとか。それとも病気《びょうき》かい？」

「ちがうよ！」とハリネズミはさけびました。「いいから、ほっといてくれよ！　きみがとびはねるたびに、おかしくなりそうだ」

「でも、じゃあ、どうしたんだよ？」

「おいら、寝起《ねお》きが悪《わる》いんだ」とハリネズミ。「それに、いっとくけど、そんなの毎朝のことなんだ。おねがいだから、とびはねるのはやめてくれ」

「寝起きが悪い？　それって、十一時ぐらいまでふきげんってやつ？　きみの場合《ばあい》は何時までつづくんだい？」

「十一時ぐらいさ」

ノウサギは首をふります。「今までずっと気づかなかったよ。でも、考えてみれば、朝いちばんできみに会うことはなかったね。いつもお昼前か午後だったなあ」

「理由《りゆう》がわかったでしょ」ハリネズミがぶっきらぼうにいいました。

ノウサギはどうしたらいいのかわかりませんでした。ですから、クロウタドリがのんびりとんでくるのを見つけて、ほっとしました。

「おふたりさん、おはよう」といいながらクロウタドリはおりたちました。

「元気にしているかい？」

「元気だよ」とノウサギ。

「グルルルル」とハリネズミ。

クロウタドリはびっくりしてハリネズミを見ました。「どうかしたの？」

「寝起きが悪いんだって」ノウサギはせつめいしました。

「それはやっかいだ」とクロウタドリ。「毎朝のことなのかい？」

「ヤッホー！」背後《はいご》できんきん声がしました。「ヤッホー！」

「おこりんぼの魔女《まじょ》だ！」ノウサギとクロウタドリはびっくりして、一歩横によけました。

ハリネズミはがんとして立っています。「ただでさえいやな気分なのに、魔女まで来たよ」とぶつぶついいました。

魔女はふに落《お》ちないようすでハリネズミを見つめました。「なにをいらいらしているんだい？」

「寝起《ねお》きが悪《わる》いんだって」とノウサギとクロウタドリがいいました。

「それで？　わたしは一日じゅうそんなふうに、きげんが悪いけどね。ヤッホー。ハリネズミや、ちょっとにっこりしてごらんよ。イッヒッヒッ！」と魔女。

「おい、とっとと消《き》えろ！」ハリネズミは、トゲトゲをさかだてて、うなりました。

「おやおや、どうしたっていうんだい？　おちついておくれ、でなきゃおまえを松《まつ》ぼっくりに変《か》えちまうよ」魔女の声は少しふるえていました。

ハリネズミはキッと魔女を見ました。あまりに目つきがするどかったので、魔女はびっくりして、ひるんでしまいました。

「魔女さん、行こう。クロウタドリくんも行こう」とノウサギは声をかけました。「ハリネズミくんをほうっておいてあげようよ。ぼくの家に行こう。もう、ジョギングする気分でもないしね」

しばらくして、三人組はノウサギの家につきました。ノウサギは食事《しょくじ》を作りましたが、みんな食べたい気分ではありませんでした。魔女《まじょ》はうろたえたたま、じっとしています。そのまま家の前で日なたぼっこをしていると、遠くから、だれかの歌声がきこえてきました。歌声はどんどん、どんどん大きくなります。こんな歌でした。

　トゲトゲのあるかぎり
　こわいものなんてないのさ

「あいつがやってきたぞ」魔女はそっといいました。そうです、あのハリネズミが歌いながら、ぶらぶらやってきたのです。

「こんにちは！」ハリネズミは大きな声でいいました。「みんな、まだここにいると思ったよ。なにかごちそうはのこっている？」

「たっぷりあるよ」とノウサギ。「今のご気分は？」

「良好《りょうこう》さ、ありがとう。きょうはなんていい日なんだろう。午前十一時以降《いこう》の人生ってすばらしい」

「十一時前だってすばらしいよ」とクロウタドリ。「でも、そうは思わない人もいるみたいだね」と。

ハリネズミはちょっとはずかしそうに、小石をけりました。「どうしようもないんだよ。おいら、感《かん》じ悪《わる》かったかな？」とハリネズミ。

「そりゃねえ！！！」と魔《ま》女《じょ》。

ハリネズミはもう一度《いちど》、小石をけりました。

「おいらの朝はいつもこうなんだ。でも、気をつけるようにするよ。みんな、あしたはおいらのところで食事《しょくじ》はいかが？」

「よろこんで」とノウサギ。

「いいよ」とクロウタドリ。

「楽しみだね」と魔女。

みんなは目を見かわしました。そして同時にいいました。

「でも、十一時以降《いこう》にしておくれよ！」

第九章　ハリネズミ、おばけの音をきく

森のおくふかく、おこりんぼの魔女《まじょ》の小屋《こや》のさらに少し先に、小さなぬま地がありました。ここのところ、そのぬま地のおそろしいうわさがたっていました。

「おばけがいるんだ」ハリネズミは小声で、いっしょにしげみの下にすわっていたノウサギとクロウタドリにいいました。

「えっ、なんだって？」ノウサギはききかえしました。

「くだらない」クロウタドリはつぶやきました。「また、へんなことといってら。今度《こんど》はやぶからぼうに、おばけが出るだなんて」

「やぶからぼうなんてことないよ」ハリネズミはぷんぷんしていいました。「ここのところ、ずっとなんだから。むかしはよく行ったんだけど、近《ちか》ごろじゃあ……ぶるぶるぶる」

「いったいぜんたい、ぬま地でなにが起《お》こるというんだい？」とノウサギはききました。

「声だよ」とハリネズミは答えました。「声がしてくるんだ。でもそっちを見てもだれもいないんだ。それにぶくぶく、へんな音も。そう、ぶくぶくっ、ぶくぶくぶく、って感じ。それから、のぞかれているような気配《けはい》もね。なんていうか、見えないけれど感《かん》じるんだ」

「くだらないね」とクロウタドリはつぶやきました。「ただの思いこみさ」

「おかしいね」とノウサギ。「これは一度《いちど》、調《しら》べてみないといけない」

「みんなもいっしょに来てくれれば、いいんだけどなあ」とハリネズミはいいました。

「おいらひとりじゃ行けないよ」

「おれはごめんだね」とクロウタドリ。「きみのもうそうには、つきあってられないよ。だいじょうぶだって」

「そうか……」ハリネズミはゆっくりいいました。「いっしょに来ないってわけか。理由《りゆう》を教えてあげようか？　こわがっているのさ！　びくびくしちゃって！」

「びくびくだって？　それじゃ教えてやる。おれは……」

「まあまあまあ」すかさずノウサギがいいました。「こうするのはどうだい？　今からこの三人でぬま地に行こう。ぼくが先頭を歩くよ」

クロウタドリとハリネズミはおたがいに、にらみあいながら、ノウサギのあとをついてゆきました。

ぬま地につくまでの間《あいだ》、会話《かいわ》はありませんでした。

「ついたよ」とノウサギがいいました。

「きみのいうおばけはどこかな」とクロウタドリ。「どこにいるのさ」

「シーッ！」とハリネズミ。「ここにただよっている、あやしいふんいき、感《かん》じないのかなあ？」

「ぜんぜん。感じるといえば、ずいぶん歩いたから足のいたみぐらいだよ。そうだとわかっていたら来なかったのに！」

ぶくぶくっ、ぶくぶくぶく。とつぜん、ぬま地からぶくぶく音がきこえてきました。

「あそこだよ！　ほら、いったとおりでしょ？」ハリネズミが声をはりあげました。

「きっとカエルだよ」とクロウタドリ。でもためらいがちな声です。

「だれかに見られているような、そんな気がする」ノウサギは声をおさえていいました。

「でもだれも見あたらないね」

「ここはあぶないかも」クロウタドリがささやきました。「あっちの木のかげにかくれようよ」

そっと木のかげにうつり、なりゆきを見守《みまも》ることにしました。ぶくぶくっ、ぶくぶくぶく。またきこえてきました。と、そのとき、ザブンという音がしました。

「ほら、声がきこえてきたでしょ」とハリネズミはささやきました。

ザブンという音にくわえて、小声もきこえてきたのです。

「死《し》にそうにこわいよ」とノウサギ。「クロウタドリくんも、これでおばけがいるってしんじるでしょ？」

クロウタドリは、かたをすくめました。

「うまいよ。つづけて、つづけて！」とつぜん、ひくい声がひびきました。

「うわあっ！」ハリネズミはピーピー悲鳴《ひめい》をあげました。ノウサギは耳をふさぎました。

クロウタドリはみきの横から注意深《ちゅういぶか》くのぞくと、小さな声でいいました。「しんじられ

ない」

なぜなら、ぬまの土手《どて》には大きなカエルがいて、水の中ではおこりんぼの魔女《まじょ》が、ぎこちないうごきで泳《およ》いでいたからです。

「うまいよ！」とカエルがさけびました。

クロウタドリは、ノウサギとハリネズミをちょこんとつっついて「見においでよ。おばけがそこにいるよ」といいました。そして木の後ろから出て、ひらひら水辺《みずべ》にとんでいきました。「なにしているの？　泳ぎの練習《れんしゅう》かい？」

魔女はびっくりして小さく悲鳴《ひめい》をあげると、すぐに水の中にしずんでいきました。――ぶくぶくっ、ぶくぶくぶく――そしてまたあがってくると、口からぴゅっと水をはきだしました。

「ご親切なこった！」魔女はとげとげしくいいました。「やっと、こつがわかってきたというのに、ぎょっとしたよ。おまえをクモの糸でぐるぐるまきにして――」

「とてもすばらしい泳ぎでしたよ」すかさずクロウタドリはいいました。

「そうかな？」魔女はちょっととくいそうです。

「もちろん、すばらしいですよ！」くちばしを羽《はね》でおさえ、今にもわらいそうなのをこらえながら、クロウタドリはいいました。ノウサギとハリネズミもためらいがちによってきて「ええ、おみごとです。とてもすばらしい」といいました。

魔女《まじょ》はてれて赤くなり、よっこらしょ、と水からあがりました。

「あれが音の正体《しょうたい》だったんだね」とハリネズミ。「カエルくんからここで泳《およ》ぎのレッスンを受《う》けていたんだね」

「そうだよ。ここ数週《すう》間ずっとね。だれにも知られたくなかったんだよ」と魔女。

「どうして？」とクロウタドリがききました。

「だって、おまえたちが見にきて大わらいするだろうから」

「ぼくたちが大わらいするなんて、とんでもない！」ノウサギは声を大きくしていいました。

魔女はノウサギをしげしげと見ました。「わたしは、ただ泳ぎを習《なら》いたかっただけさ。他人《たにん》にじゃまされずにね。だから、だれかが通るたびに、あそこの長いアシのくきの後ろにもぐって、かくれていたのさ」

「ぶくぶくっ、ぶくぶくぶく、かよ」クロウタドリはぶつぶついっています。

「おいらたち、おばけだと思っていたよ」とハリネズミはいいました。

「きみがだろ。おれはちがうよ！」とクロウタドリはぷんぷんしています。

魔女はふきだしました。「おばけだって！」とさけびます。「どうやったら、そんなこと思いつくんだろうね。泳ぐおばけが出たとでも？」

ハリネズミは地面《じめん》を見つめています。

「さあてと」魔女《まじょ》はつづけました。「なにか、はおるとするか。カエルや、またあした」クスクスわらいながら、魔女はよたよた小屋《こや》に帰ってゆきました。

カエルはケロケロケロッとあいさつすると、水の中にとびこみました。

クロウタドリはハリネズミのかたをたたき、いいました。「ほら、いったとおりだろ。ここがおそろしいなんてはず、ぜんぜんないんだよ。そんなにすぐにこわがるんじゃないよ」

ハリネズミはなにかいいかえそうと

したのですが、ノウサギがすかさず、わりこみました。「さあ、家に帰らないか？　おそくなってきたからね」

ノウサギとクロウタドリが先を歩き、ハリネズミは後ろから、とぼとぼついてゆきました。

ふいにハリネズミはしのび足で歩きはじめました。クロウタドリのまうしろまでしのびよります。そしてへんな声を出しました。「ぶくぶくっ、ぶくぶくぶく！」

「たすけて！」クロウタドリはバタバタとびあがり、わきによけました。

ハリネズミはクロウタドリのかたをたたき、いいました。「そんなにすぐにこわがるんじゃないよ」

第十章　魔女《まじょ》の日

ノウサギはずーっと考えごとをしながら森の小道を歩いていました。自分のたんじょう日のことを考えていたのです。たんじょう日は数《すう》カ月後でしたが、プレゼントにほしいもののリストや、だれを招待《しょうたい》するかなど、今からしっかり考えておこうと思ったからです。あまりに考えこんでいたので、足をひきずる音が近よってくることにも、まったく気がつきませんでした。

「おい、そこ！　そこのノウサギ」きんきん声がひびきました。

ノウサギは体をまるめました。注意深《ちゅういぶか》く見まわします。まうしろに、おこりんぼの魔女がいました。かわいたえだのたばを、うでいっぱいにかかえています。

「はこぶのをてつだっておくれ」と魔女はいいました。

「近づいてきたの、ぜんぜん気がつかなかったよ」とノウサギがいいました。

「そりゃそうさ。気がついたら、とっくににげていただろう」魔女《まじょ》はクスクスわらいました。「ちょうどここにいるんだから、てつだってくれるね」

魔女とノウサギはいっしょになって、重《おも》たいえだを小屋《こや》まではこんでいきました。

「そこのすみにおいておくれ」と魔女。「それと、えだを何本か火にくべておくれ」

魔女は、火の上でグツグツ煮《に》えている、大きななべをのぞきこみました。ノウサギは、くんくんとにおいをかぎました。「おいしそうなにおい。なにを作っているの?」

「木イチゴのジュースだよ」と魔女はいうと、おたまを取《と》って、ぐるぐるかきまぜました。

ノウサギは炎《ほのお》をじっと見つめ、ふと、問《と》いかけてみました。「魔女さんのたんじょう日はいつ?」

「たんじょう日?」と魔女はいいました。「魔女にたんじょう日なんてないんだよ」

「そんなことないでしょ」とノウサギ。「魔女さんだって生まれた日はあるでしょ? そうしたら、その日が毎年たんじょう日になるんだよ」

魔女はなべの中をぐるぐるかきまぜながら、なにかをぶつぶつ、つぶやきました。

「えっ、なんだって?」とノウサギはききかえしました。

「いっただろ、わたしのたんじょう日はいつかなんて、知らないって。理由《りゆう》は、魔女たちはたんじょう日をいわったりしないからさ。だあれもしないんだ」

「どうして?」

「どうしても」

「そんなの、つまらないと思わない?」とノウサギ。「プレゼントもなければ、かざりのリボンをつけたイスもなし、おたんじょう日おめでとうの歌もない、パーティーもしないなんて」

「おい、出ておいき!」魔女《まじょ》はさけびました。「むだ口たたいて、わたしの仕事《しごと》のじゃまをする気かい。とっとと出ていけ!」そして、おたまでノウサギになぐりかかりました。

「もう出てゆきますよ!」ノウサギは大声でいいました。そしてぴょんと外にと

びだし、走って家に帰りました。

ノウサギが家にたどりつくと、フクロウとハリネズミがドアの前でまっていました。

「どこに行っていたの？」と二ひきがききます。

「魔女《まじょ》のところだよ」ノウサギはあはあ息《いき》を切らしています。「もう、きいてよ……」

そして今あったできごとをつたえ、最後《さいご》に「つまり、魔女はいままで、自分のたんじょう日をいわったことがないんだ」としめくくりました。

「それがおかしいとでも？」とハリネズミ。「だれが魔女のたんじょう日に会いに行くっていうんだい？　おいらたちだってえんりょするし、魔女の妹もずーっと南に住《す》んでるからね」

「そうか、たんじょう日をいわいに来てくれる人もいないのか」ノウサギはしょんぼりいいました。「プレゼントもなければ、たんじょう日の歌もない。なんてかわいそうなんだ」

「ふだんのおこないがあれだから、自業自得《じごうじとく》だろう」フクロウはいいました。

「そうだけど、でも」とノウサギ。

「もっと思いやりがあったらね」とハリネズミ。「自分が悪《わる》いのさ」

「そうだけど、でも」

「きみは、どうしたいというのだい？」とフクロウがききました。「プレゼントを持《も》って魔女《まじょ》のところに行こうとでも？」

「そんなとこかな。そして歌を歌うんだ。小屋《こや》も、花やリボンでかざってあげよう」

「そんなの、みんな魔法《まほう》をかけられちゃっておわりさ」と鼻《はな》を鳴らすハリネズミ。「花やリボンでかざるなんて、かってにしろよ。おいらは行かないよ」

「でも、いつにするつもりなのだい？」とフクロウはききました。「自分でも、たんじょう日がいつかわからないといっているのに」

「ぼくたちがかってに一日、えらんであげればいいんだよ」とノウサギ。「それが魔女の日さ」

「魔女の日？」

「そう。動物《どうぶつ》の日だってあるんだもの。魔女の日があったっておかしくないでしょ」

「じゃハリネズミの日はいつなんだい？」とハリネズミ。

ノウサギはけいべつのまなざしでハリネズミを見ました。

「おいらがいいたかったのは、魔女の日はいつかってことだよぉ」いそいでハリネズミはききなおしました。

「すぐがいい、あしたにしよう！」とノウサギはいいました。

次《つぎ》の日の朝、魔女《まじょ》はいそがしくはたらいていました。木イチゴのジュースをびんづめにしましたし、今は大きなすりばちで薬草《やくそう》をこなにひいていました。このこなをちょっと木イチゴのジュースにまぜて動物《どうぶつ》に飲《の》ませると、おもしろいことが起《お》こるはずでした。考えただけで魔女はほくそえんでしまいます。

きゅうに魔女は手を止めました。外でカサカサという音がしたからです。いえいえ、今《こん》度《ど》はしんとしずかになりました。おや、あれはなあに？　外から大きな歌声がきこえてくるではありませんか。

「おたんじょう日おめでとう、いつまでもおめでとう、いつまでもお元気で！」

魔女はすりばちをおき、とびらを開《あ》けました。とびらの前ではノウサギとフクロウ、それからハリネズミが、声をかぎりに歌っていました。「ばん、ばん、ばんばんざい！」大きな声です。

「ばんざい！　おめでとう！　心から！」

「なんのことだい？」魔女はふしぎそうな顔でききました。

「魔女の日だよ」とノウサギは答えました。

「魔女《まじょ》の日だって！」と魔女。「そんな日なんてないさ。きいたこともない」

「きょうが最初《さいしょ》の日だからね」ノウサギはせつめいしました。

「だって魔女さんたち、たんじょう日をいわないんでしょ。ほら、小屋《こや》もかざってみたんだよ」

魔女はふりかえりました。ツタの木が花やリボンでかざられていました。魔女はぞっとしました。

「これがカサカサという音のもとだね。そんなごちゃごちゃしたの、さっさと取《と》っておくれ。そして、とっととお帰り。魔女の日だなんて、あきれた！」

「まあまあ、まってよ」ノウサギはいいました。「フクロウくんが詩《し》を作ってくれたんだ。フクロウくん、きかせてあげてよ」

フクロウはゴホンとせきばらいをしました。魔女をおどおどと見て、そしてふるえる声で、読みあげました。

きょうは　魔女の日
だから　ぼくらは　うれしいんだ
魔女さん　いつまでもお元気で

それが　ぼくらは　ねがいなんだ

魔女《まじょ》はまっかになり、ハンカチをさがしました。

「最後《さいご》の行《ぎょう》は、ほんとうは『ぼくらの』であるべきなのだけど」とおちつかないようすでフクロウはせつめいします。「でもおわかりのように、ひびきをよくするため、変《か》えてみたのだよ」

「ちょうどすばらしいじゃないか」魔女はしゃがれ声でいいました。「今まであたしに詩《し》をよんでくれたやつなんて、ひとりもいないよ」

「それじゃあ、こなざとうたっぷりのバターケーキを焼《や》いてくれた人はいる？」ハリネズミはきいてみました。「これどうぞ。それと魔女の日おめでとう」といい、魔女の手にお皿《さら》をわたすと、すばやく一歩後ろにさがりました。

「バターケーキ！」と魔女。「おいしそうだね。みんな、ケーキに木イチゴのジュースはどうだい。中へお入りよ」

ハリネズミとフクロウは目を見あわせました。

「いえいえ、そんな……」とハリネズミ。

「じつはその、えっと……」とフクロウ。

「ぼくたち、ちょっとでしたら、よろこんで」ノウサギはすかさずいって、中へ入りました。

あとの二ひきも、びくびくしながらつづきました。

「おすわり」と魔女《まじょ》はいいました。木イチゴのジュースをつぐと、ケーキを切り分けました。ハリネズミは小屋《こや》の中をぶらぶらし、大きなすりばちの中をきょうみ深《ぶか》くのぞきこみました。

「あれの中、なにが入っているの？」とハリネズミ。

「木イチゴのジュースにまぜるんだよ」魔女はうわのそらで答えます。

ハリネズミは薬草《やくそう》のこなをちょっとつまんで、グラスにぱらぱら入れてみました。ひと口ごくんと飲《の》んで、まずそうな顔をしていいました。「おえっ、にっが〜い」そしてすぐ、すわりこみました。

魔女はびっくりして目をあげ「えいえいえい！」とさけびました。「まさかその薬草のこなにさわったのかい？」

ハリネズミは青くなってうなずきました。体がすうっとかるくなるみたい。ハリネズミは両手《りょうて》で目をおおいました。思いきって目を開《あ》けたとき、ハリネズミはイスの上にうかんでいました。おびえて「わあああああ……」と声をあげます。

ノウサギとフクロウはぎょっとして、上を見ています。

「またいつもの魔法《まほう》か！」フクロウはなげきました。

「こ、こんなつもりじゃなかったんだ」と魔女は口ごもりました。「けさはそのつもりだったんだけど、今はちがう。ほんとうだよ。ハリネズミのやつがかってにやったんだ」

ハリネズミは手足をバタバタし、部屋《へや》の中をぷかぷか、すいすいとんでいます。「わあっ！」と大声をあげて。

「どうにかしてよ！」ノウサギはおこりんぼの魔女にむかって強くいいました。

魔女はかたをすくめました。「そんな必要《ひつよう》ないさ。そのうちもどるから。それに、ハリネズミのやつ、そんなに悪《わる》い気はしていないようだよ」

「やったあ！」ハリネズミは声をはりあげていました。「ノウサギくん、ノウサギくん、ぼく、とべるようになっちゃった！　見て見てフクロウくん、おいら、フクロウくんのようにとべるんだよ！」

「とんでいるうちに入らないさ」きびしい顔でフクロウはいいました。「つばさがないではないか」そして頭をふりふり、部屋のすみにすわりこみました。ノウサギはおちつかないようすで、ぐるぐる歩きまわりながら、天気のことを話したり、ケーキの作り方を教え

たり。魔女《まじょ》は半分ぐらいしかきいていませんでした。「きょうは魔女の日」の詩《し》を思い出して暗記《あんき》していたからです。ハリネズミはといったら、「やったあ！」と部屋《へや》の中をぷかぷかしたり、とんぼがえりをしてみたり、ノウサギの耳をひっぱってみたり、ランプをゆらしてみたりと、いたずらばかりしています。

でも、とつぜん足がちくちくしてきました。「足がしびれるう」とハリネズミはいいました。

魔女はイスを取ると、ハリネズミの真下《ました》までずらしました。ハリネズミは体が重《おも》くなるのを感《かん》じ、まっすぐイスの上へと落《お》っこちました。

「やったあ！」ハリネズミは小声でいいました。

ノウサギとフクロウはほっと息《いき》をついて、すばやくケーキを、もうひと口ほおばりました。

「しぜんにもどるといったろ」と魔女。

ハリネズミは大きく息をはきました。

「おばかさんだね！」ノウサギはとげとげしくいいました。

「まぬけなことだ」フクロウもぶつぶついいました。

ハリネズミは、ゆめみごこちでうなずきました。「ぼく、とべるんだよ」

「木イチゴのジュースのおかわりがほしい人は？」魔女《まじょ》がたずねました。

ハリネズミはとびあがりました。「おいら!!」

「でも薬草《やくそう》のこなは、なしにしてね！」ノウサギとフクロウはケーキを口いっぱいにほおばりながら声をあげました。


動物《どうぶつ》たちは木イチゴのジュースとケーキをたらふくいただいて、小《こ》一時間でさよならしました。魔女は帰っていく三人組を見おくったあとも、しばらくじっと戸口《とぐち》に立っていました。


そこへクロウタドリがびゅんと通りがかりました。びっくり顔で魔女を見て「おや、きょうは陽気《ようき》な顔をしているねえ。なにかあったのかい？」とききました。

魔女はうなずきました。「きょうは魔女の日さ」

第十一章　ノウサギのたんじょう日

ノウサギは目をさますと、きょうはとくべつな日だぞ、と思いました。でも、なんの日だったっけ？　ベッドに横になったまま考えて、すぐに思い出しました。

きょうはノウサギのたんじょう日。

体をのばすと、ベッドからぴょんとおりました。「いそがなくっちゃ！」とノウサギはいいます。「きょうはいそがしくなりそうだからね」

ドアを大きく開《あ》けます。「みんないつ来てもいいぞ」と思いました。

外はとってもしずかでした。

ノウサギはイスをかべぎわによせ、ケーキをテーブルにのせると、かざりつけをはじめました。

みんなどこで道草《みちくさ》くっているんだろう？　いつもは早めに来るのになあ。

外に出てげんかん先でまつことにしました。ずいぶん長い間《あいだ》、まちました。何度《なんど》も何度も、森の小道を見ましたが、だれも来ません。

ノウサギは部屋《へや》にもどります。ケーキをほおばりましたが、味《あじ》はまったくしませんでした。もう一度外を見ましたが、だれも見あたりません。

ノウサギは首を横にふり、「みんなぼくのたんじょう日をわすれちゃったんだ」とつぶやきました。もうちょっとだけまってみてから、ゆっくりとドアを閉《し》めました。すみっこにすわって、悲《かな》しい顔でじっとしていました。

でも、あれはなんでしょう？　外から音がきこえてきます。ノウサギは期待《きたい》にむねをふくらませてドアを見ました。だれかがノックしています！　ぴょんととびあがり、ドアを開《あ》けにいきました。

「やっと来てくれたね」大声を出しました。「どこで……」といったところでノウサギはびっくりしました。

おこりんぼの魔女《まじょ》がげんかん口に立っていたからです。

「ほら」といって、魔女はノウサギの手に包《つつ》みをおしつけました。「おまえは魔女の日を作ってくれたからね、これはわたしからのおかえしだよ」

「わあ、すてき！」とノウサギはいいました。「中にどうぞ。ケーキはいかが？　まだ、だれも来ていないんだけど……」

魔女《まじょ》はクスッとわらって「ほかのみんなもすぐに来るさ」といいました。「わたしがいちばんに来たかったんだけど、プレゼントができあがらなかったもんで、引きとめておいたんだ」

「引きとめた？」ノウサギはききかえしました。「それって、どういう意味《いみ》？」

でも、魔女が答える前に、外からとつぜん歌声がひびいてきました。

おめでとう、ノウサギくん
ばん、ばん、ばんばんざい
ずっと元気で、ノウサギくん
きょうはノウサギくんのたんじょう日

ノウサギはいきおいよくドアを開《あ》けました。そこにいたのは、フクロウ、ハリネズミ、クロウタドリとコウモリ、カラス、リス、三びきのウサギ、モグラの一家……。

「おめでとう！」みんな大きな声でいいました。「心からおめでとう！」

「なんて、すてきな歌なんだろう」ノウサギは目をきらきらさせていいました。「これってフクロウくんの詩《し》でしょ。みんな中に入って！」

「おそくなってしまったね」とフクロウはいいました。「これも、おこりんぼの魔女《まじょ》のせいなのだ。みんなで歌の練習《れんしゅう》をしていたら――」

「――そしたら、魔法《まほう》でかためられちゃったんだよ！」とハリネズミが大声でいいました。

「みんなその場からうごけなくなっちゃって。でも、見てろよ！　次《つぎ》に出くわしたら――

――」

ハリネズミは口をつぐみ、青くなって魔女を見ました。

「わたしに出くわしたら、どうするんだい？」魔女がききました。

「そ、そしたらすぐににげだすよ」ハリネズミは小声でいいました。そしてくるっと身《み》をひるがえしました。

「にげないで！」とノウサギはよびとめます。「みんなが来てくれて、すごくうれしいんだ。魔女さんだってなにもしないよ。ほんとに」

「わたしゃケーキを食べるだけさ」魔女は口をもぐもぐさせながらいいました。

ちょっぴりためらいながら、動物《どうぶつ》たちは近よってきました。

「魔女さんからプレゼントをもらったんだ。ほら」とノウサギ。

ノウサギは包《つつ》みを開《あ》けました。

「マフラーだ！」とノウサギ。「すごい！」

「わたしのお手製《てせい》だよ。役《やく》にたつときがあるんじゃないかと思ってね、イッヒッヒッ」

「ありがとう」ノウサギは首にマフラーをまいて「にあうかな？」と、とくいげにぐるりと見まわしました。

動物《どうぶつ》たちがぎょっとした顔で自分を見ているので、ノウサギは「どうしたの？」とききました。

みんなはノウサギがさっきまで立っていたところを、おびえたようすで見ていたのでした。なぜなら、ノウサギがいなくなってしまったからです。完全《かんぜん》に消《き》えてしまったのです。ただ、マフラーだけがそのまま、ちゅうにぷかぷかしていました。

「ノウサギくん、どこに行っちゃたの？」とハリネズミはピーピーさけびました。

「ここだよ！」びっくりしてノウサギは答えました。

魔女《まじょ》はおかしくてたまらず、ふきだしました。「あの顔を見てごらんよ！イッヒッヒッ！」

フクロウは魔女にせまりました。「魔法《まほう》はもうこれでおしまいだ！ノウサギくんをかえしておくれ。いますぐ！」

「いなくなったわけじゃないよ」魔女《まじょ》はクスクスわらっています。「マフラーを取《と》れば、また見えるようになるさ」

ハリネズミはとことこ走っていって、マフラーをひっぱりました。

「なにするんだよ？」ノウサギはききました。動物《どうぶつ》たちは、ほっと息《いき》をつきました。ノウサギがさっきまでのように、またそこに立っていたからです。

「ノウサギくんたら、見えなくなっちゃっていたんだよ」みんなはいいました。

「見えなくなっちゃった？　ぼくが？　だからみんな、へんな顔をしてぼくを見ていたんだね」

「まじないをあみこんでおいたんだよ」魔女がせつめいしました。「おどろかしてやろうと思ってね」

「スリル満点《まんてん》だね」とノウサギ。「じゃあ、もう一回やってみようか。あれっ、マフラー

はどこに行っちゃった？」

「あそこだ！　ドアのところをぷかぷかしているぞ」フクロウはしめし、えいっととびつきました。「つかまえた！」

「あいた！」とつぜんドアの前にあらわれたハリネズミがさけびました。

「ぼくのマフラーをしてこっそり帰ろうとしたんだろう」ノウサギはおこっています。

「ちょ、ちょっくらためしてみようと思っただけだよ」ハリネズミはあせっていいました。

「はいはい」フクロウはきびしくいいます。「そして見えないままにげてしまうつもりだったのだろう。こまったものだ！」

きまり悪《わる》そうにハリネズミはもどってきました。

「ノウサギくん、ぼくにもちょっとだけやらせてよ！」あっちこっちから、ほかの動物《どうぶつ》たちもさけびました。「ほんのちょっとだけ。どんな感《かん》じか、知りたいよ」

「しょうがないなあ」とノウサギ。「じゃあ、フクロウくんからどうぞ」

「べつに、ぼくはいいよ」とフクロウ。ぱくりとケーキをほおばると、おこりんぼの魔女《まじょ》からできるだけはなれてすわりました。

ほかの動物たちはノウサギのまわりにむらがり、順番《じゅんばん》にマフラーをまいてはすがたを消《け》してみます。コップがちゅうをまったり、ケーキのかけらが消《き》えたり、だれかがつねられたり……

魔女《まじょ》はひそかにクスクスわらいながら、ケーキをひとりでまるごとたいらげています。

クロウタドリが横にすわり「すばらしいプレゼントだね」いいました。「それにしてもべんりだ。だれとも話したくないときや、だれかをびっくりさせたいときに使《つか》えるものね……」

「それからぬすみをはたらくときにも」フクロウはふきげんそうにいいました。魔女のことをにらみ「たとえば魔法《まほう》の薬《くすり》とか」といいます。

魔女は青ざめました。ぶつぶつなにかをいい、立ちあがります。

「なにかいった？」とノウサギがききます。

「なんでもないよ」と魔女。「もう帰ろうかね」とドアのところまで歩いてゆきます。

ノウサギはマフラーをイスにかけると、魔女のためにドアを開《あ》けました。

フクロウも立ちあがります。だれにも気づかれないようにマフラーを取《と》り、首にまいてこっそり魔女を追《お》いかけました。

「フクロウくん、どこに行くの？」とノウサギはいいました。「ぼくのマフラーは使いたくなかったんだよね？」

フクロウはぎくっとしてふりむきました。動物《どうぶつ》たちがみんなフクロウのことを見ています。フクロウは自分を見てみました。なんと、見えたままではありませんか！　まるでマフラーをしていないのとおなじように。

「なんだよお！」ハリネズミがわめきたてました。「おいらをしかっておいて、今度《こんど》は自分だってやってるじゃないか！」

「ぼく……えっと……ぼくは」きまずそうにフクロウはもごもごしました。「ぼくはマフラーを魔女《まじょ》にかえそうとしただけなのだ。見えなくなるマフラーなんて、ろくなことにならないからね」

「たとえば？」とハリネズミは声を大きくしていいました。「むしろ、おもしろいのに。フクロウくんって、ほんとにつまんないね」

ノウサギはあごをぽりぽりかいて、ちょっと考えながら「それはそうかもしれないけど」といいました。「でも、ちょっとまって。マフラーのききめがなくなってきたみたい。ほら」

魔女はうなずきました。「そのまじないは、ちょっとの間《あいだ》のものさ。パーティーのお楽しみ用だからね」

「まじないはこれでおしまいなの？」ハリネズミはざんねんそうにききました。

「おしまいだよ」魔女はぶっきらぼうにいいました。「ろくなことにならないからね」

「えーっ、つまんない」とハリネズミ。「そんなマフラー、持《も》っていても意味《いみ》がないよ」

魔女《まじょ》はむっとしてハリネズミをにらみ、いいました。「とてもあたたかいじゃないか」

「それにとてもおしゃれだよ」とノウサギはあわてていいました。

魔女はもう一度《いちど》ハリネズミをじろっとにらむと、外に出ていこうとしました。でもハリネズミがそのスカートをひっぱって、すかさずいいました。「魔女さん、おいらにもまじないの入ったマフラーをあんでくれないかい？」

「ぼくにも、わたしにも！」動物《どうぶつ》たちがおしよせてきました。

「そんなことやるもんか！」と魔女はきんきん声でいいました。「ほかにもやることはたんとあるんだ。おまえたち、どいたどいた。通しておくれ。それともおまえたちの耳を魔《ま》法《ほう》で見えなくしてやろうか！」

動物たちはびっくりして魔女に道をゆずりました。魔女はぶつぶついいながら外へ出て森の中へ消《き》えてゆきました。

「そんなにおこっていないみたいだね」とノウサギ。

「そんなの魔女の場合《ばあい》はわからないぞ」とため息《いき》まじりのクロウタドリ。

「ほら、マフラーをかえすよ」とフクロウ。「これでだれも見えなくなるなんてことはない。なんともよろこばしいことだ」

ノウサギはマフラーを首にまくと鏡《かがみ》の前にすすみました。「ぼくも同感《どうかん》だよ。これでやっと、マフラーがにあうかどうか見ることができるんだもの」

第十二章　ひっかかった

のんびりと、フクロウは森の中を歩いていました。とてもまじめな顔をして、小声でぶつぶつ、つぶやいています。「木から葉《は》っぱがひらひら落《お》ちる。秋がまたやってきた」フクロウは詩《し》を作っているのでした。

そしてやがて冬が来ると、雪はしんしんとつもるだろう……月がてらす、木々の間《あいだ》から……

バタン！

気がついたときには、フクロウはたくさんの落《お》ち葉《ば》の間にのびきっていました。なにかにつまずいてしまったみたいです。フクロウはよーく、あたりを見まわしました。落《お》ち葉《ば》の山のちょっと手前に、小道を横切るようにしてロープがはられていました。

「なんて意地《いじ》の悪《わる》い、いたずらなのだろう」とフクロウはいいました。「こんなことするのはだれだ?」

しげみの後ろで、だれかがごそごそうごき、そしてクスクスわらうのがきこえました。フクロウはやっとの思いで立ちあがりました。「そこにいるのはだれなのだ」おこって大声を出します。

クロウタドリとハリネズミがしげみの後ろから出てきました。

「やあ、フクロウくん」とハリネズミはいいました。「いたくなかった? だいじょうぶ、だよね?」

「だいじょうぶだ」とフクロウ。「でも、とってもびっくりしたよ。それに詩《し》を作っていたのに、とてもいい詩だったのに、すっかりわすれちまったじゃないか」

「きっとすぐに思い出すよ」とクロウタドリはいいました。「それに――」

「また、だれかきたよ」ハリネズミがささやきました。「さっさと行くぞ!」

二ひきはまた、しげみの後ろにかくれました。

すると道をぶらぶら、ノウサギがやってきました。草をくしゃくしゃかみながら、鼻歌《はなうた》を歌っています。

「ノウサギくん、気をつけろ！」とフクロウはさけびました。「ひもがあるぞ！」

ノウサギはうわのそらでそちらを見ました。「フクロウくんかい？　なにかいった？」

「気をつけて、そこには――」

バタン！

ハリネズミとクロウタドリはしげみから、わらいころげて出てきました。

「なんだよ！」とノウサギはかんかんです。「わらいごとじゃないよ。ほねをおってしまったかもしれないんだから」

「それはないね」とハリネズミ。「わざわざ落《お》ち葉《ば》をおいといたんだから。な〜ん時間もかかったんだ。ころんでもふかふかでしょ」

「そうだけど、でもねえ」とノウサギ。「あぶないにはちがいないさ」

ハリネズミとクロウタドリは、ノウサギのことなんかまったく気にしていませんでした。

また落ち葉をかきあつめるのに、ひっしだったからです。

「悪《わる》いたいどだ」ぶつぶつノウサギはいいました。

「ほら、もう行こう」とフクロウ。「ぼくたちのいうことなんぞ、きいちゃいないのだから」

ノウサギは落《お》ち葉《ば》をけちらすと、フクロウについてゆきました。するとまもなく、おこりんぼの魔女《まじょ》とばったり会いました。魔女はめちゃくちゃきげんが悪《わる》そう。かんかんにおこった顔で、よろよろやってきました。

「魔女さん、こんにちは」ノウサギはいいました。「そこ、まっすぐ行かないほうがいいみたい。今、この道をすすむと――」

「どくんだ」と、きんきん声の魔女。「わたしは自分の行きたいところに行くんだよ」

「ええ、でも」とフクロウ。「この先には――」

魔女はフクロウをぐいっと横におしのけて、足をひきずり歩いていきます。

ノウサギとフクロウは目を合わせ、かたをすくめました。

「ぼくたち、やれることはやったよね」とノウサギはいいました。

「ぼくたちのいうことをきかないのがいけないのだ」とフクロウ。

バタン！！！

ちょっとの間《あいだ》、森はしんとしずまりかえりました。

そしてきんきん声がひびきわたりました。「えいえいえい！　だれがやった！　出てこい！」

ノウサギとフクロウの頭上《ずじょう》をバタバタ、あのクロウタドリがひっしでとんでゆきます。

ハリネズミも全速力《ぜんそくりょく》で走ってきました。息《いき》を切らしながら「にげろ！」とさけんでいます。

「魔女《まじょ》だよ！　かんかんにおこっているぞ！」

「ぼくたちはにげる必要《ひつよう》はないさ」とノウサギ。「ぼくたちは、なにもしていないんだから」

ハリネズミはとっとと、にげていきました。

ぎりぎりのところでした。なぜなら、ちょうどおこりんぼの魔女が追《お》いかけてきたからです。ノウサギとフクロウは魔女のために道をあけました。でも、魔女はそこに立ちどまって、両手《りょうて》をこしにあて、せまるように「わたしをつまずかせたのはだれだ？」ときいたのです。

「ぼくらではないぞ」とフクロウ。「さっき見ただろう、ふつうに歩いていただけだ」

「じゃあ、だれがやったんだね？　いいなさい！」

「知らないよ」ノウサギは口ごもりました。「フクロウくん、知ってる？」

「いいや」とフクロウ。「いったいぜんたい、だれがやったのだろうね」

「きっと、この森の外のやつがやったんだ」とノウサギ。

「それだよ」とフクロウ。「森の外のやつだろう。ここの者《もの》がそんなことをするはずがない」

「うそつきめ！」魔女《まじょ》はさけびました。「だれのしわざか知っているだろう。そんなのわかるさ！」魔女は足をドスンドスンふみならしました。「まあ、おまえたちの好《す》きにするがいい。ただし、はくじょうするまで、わたしといっしょに来るんだよ」

「でも、でも、でも」と、言葉《ことば》につまるフクロウ。

「そんなのずるいよ」とノウサギ。

「関係《かんけい》ないね」魔女は足をドスンドスンしながら大声をはりあげました。「いっしょに来るんだ！　ほら、歩け！」


ハリネズミは家にいます。気持《きも》ちをおちつけようと、サンドウィッチを食べることにしました。ところがちょうどひと口かじったところで、だれかがドアを強くノックしました。

むせるハリネズミ。

「魔女だ！」とピーピーいったかと思うと、ベッドの下にはいつくばりました。

ドアが開《ひら》いてクロウタドリが入ってきました。「ハリネズミくん、いるかい？」

ハリネズミはベッドの下から出てきました。「ふう！　魔女《まじょ》かと思ったよ」

「魔女のやつ、ノウサギくんとフクロウくんをつれていっちゃったんだよ！」クロウタドリはさけびました。

「ええっ？　なんだって？　どうして？」

「それがね、あのロープをはったのがだれか、いわなかったからさ。おれ、気づかれないように、こっそりあとをつけてみたんだ」

「なんてひどい」とハリネズミ。「ひとまずサンドウィッチでもどう？」

「サンドウィッチなんて食べている場合《ばあい》じゃないよ」クロウタドリはきつくいいました。

「仲間《なかま》をたすけるんだ。行こう」

「どうするつもりだい？」

「おれたちがひっかけたんだって、おこりんぼの魔女にいうのさ。それで、ふたりを自由《じゆう》にしてもらうんだ」

「じゃあ、おいらたちはどうなるんだい！」とハリネズミはうめきました。「魔女はかんかんなんだよ！　きっとおいらたちを、なにかおそろしいものに変《か》えちゃうか、閉《と》じこめちゃうかだよ！」

「そうか」クロウタドリはため息《いき》まじりにいいました。「でも、ノウサギくんとフクロウくんに、おれたちのしたことを、なすりつけるわけにはいかないよ」

ハリネズミは地面《じめん》をじっと見つめました。「魔女《まじょ》だって、あのふたりが関係《かんけい》ないってことぐらい知っているさ。ひどいことはしないと思うよ。でも、おいらたちにはするでしょ。おいらは行かないよ」

クロウタドリはハリネズミをじーっと見つめていました。そして、とうとう「じゃあ、おれひとりで行くよ」といい、くるっとまわって外に出てゆきました。

「ちょっとまって、まってよう」ハリネズミは声をはりあげました。「やっぱりおいらも行くよ」

二ひきはむごんのまま、道をすすみます。

やがて、魔女の家の前につきました。

「ノックしてくれよ」とクロウタドリは小声でいいました。ハリネズミは首を横にふります。

クロウタドリは深《ふか》く息《いき》をすいこむと、そっと、とびらをノックしました。とびらはわずかに開《ひら》き、魔女が外をのぞきました。「おまえたち、なんの用だい？」

「おれ……えっと、おれたち……」とクロウタドリ。「おれたちがやったんです。しげみにロープをかけて、ころばせたのはおれたちだって、いいにきました」

「そうかい！」と魔女《まじょ》。「えいえいえい！　魔女をひっかけることとどうなるか、教えてやろう。さあ、お入り」

クロウタドリとハリネズミは頭をたれて、とぼとぼ中に入りました。

バタン！　二ひきはいきおいよくころんで、部屋《へや》にのびてしまいました。

大きななべをかきまぜていたノウサギとフクロウは、びっくりして目をまんまるにしました。

魔女はキャッキャッとわらっています。「イッヒッヒッ！　おまえたちが使《つか》っていたひもを魔法《まほう》でここに持《も》ってきたんだよ！　イッヒッヒッ！」

ハリネズミは足をさすります。「落《お》ち葉《ば》は、魔法で持ってこられなかったの？」とぼやきました。

ノウサギは手をかして立たせてあげました。

「魔女になにをされたんだい？」そっとハリネズミはききました。

「なんにも」とフクロウはいい、「スープ作りをてつだっているのだよ」と火にかかっているなべをおたまでさしました。

クロウタドリはにおいをかいで、「うん、おいしそう」とうなずきました。

ハリネズミはむっとしてクロウタドリをにらみました。「ほらね、ぜんぜん問題《もんだい》ないじゃないか。きみがあんなことというから！」

クロウタドリはかたをすくめました。「こればっかりはわからないよ。魔女《まじょ》がどんなにいじわるか、きみも知っているくせに。あっ、あの……」クロウタドリはびくびくしてふりかえりました。

魔女はようやくわらいを止めました。

「よしよし」と魔女。「ばちがあたったんだよ。おまえたちを魔法《まほう》でしばらく森の外に追《お》いやってやろう。そうすれば、こんなくだらないこともしなくなるだろうからね」

「やめて！」とノウサギはさけびました。「そんなのだめだよ！」

「そうかな？」魔女はききかえします。「どうしてだめなんだい？」

「しげみでロープをはるってのは――」

「ひきょうだし、きたないね」と魔女はきいきい声を出しました。

「――でも、魔女さんだって、おなじことをしてるよ！」

「おや、そうか」と魔女はこまった顔をしています。「そうだね、じゃあ……えっと……うーん」

魔女はお手あげとばかり、ぐるりと見まわしました。

クロウタドリはノウサギのかたをたたきました。「ぼくたちのこと、ばらさないでくれたんだね、すごいよ」

「きみたちこそ、よくここまできたね。すごいよ」とノウサギ。

「とうぜんさあ」ハリネズミはいいました。「おいらたち仲間《なかま》だろ！」

クロウタドリはハリネズミをキッとにらんで、せきばらいをし、「そうだね、おれたちね」といいました。

魔女《まじょ》はじーんとして目をこすりました。

カン！　カン！　カン！　フクロウがおたまでなべをたたきました。「スープができたぞ！」そしてじーっと、もとめるように魔女を見ました。「た

っぷりあるのだが」
「おまえたちも、いっしょに食事《しょくじ》していくだろう?」と魔女《まじょ》はききました。
「よろこんで!」ノウサギもフクロウもクロウタドリも答えます。
ハリネズミはといえば、とっくにテーブルについていましたとさ。

第十三章　お客《きゃく》さん

ノウサギはある朝、ふとフクロウのことが気になりました。フクロウくんはどうしているだろう？　家にいるか、ちょっとよってみよう。

歩きだしたところで、おこりんぼの魔女《まじょ》に、ばったり会いました。

「おはよう！」ノウサギは声をかけました。

魔女はノウサギのことをまじまじと見ています。

「お元気そう」とノウサギはつづけます。「日なたぼっこでもしたの？」

魔女は、なにかもごもごというと、行ってしまいました。

ノウサギはびっくりして魔女を見つめています。なんかおかしい。どうしたのかな？

ノウサギはかたをひょいとあげると、ゆっくり歩きだしました。

「ノウサギくん！」頭上で声がします。ノウサギは見あげました。フクロウがとんできます。「ノウサギくん！　ちょっとまちたまえ！」フクロウはひょいとおりてくると、森の小道に着地《ちゃくち》しました。「きみを見かけてよかったよ」とフクロウ。「ちょうどおうちにおじゃましようと思っていたのだ」

「ぼくもちょうどフクロウくんのところへよってみようと思っていたところだよ」とノウサギ。

「けさ、おこりんぼの魔女《まじょ》に、ばったり出くわしたら……」とフクロウは話しはじめました。

「ぼくもちょうど今、魔女にばったり出くわしたよ！」

「そうか」とフクロウ。「で、魔女はなんかへんじゃなかったかい？」

「うん、なんかへんだったった。まるで、ぼくのことをおぼえていないようだったんだ」

「ぼくのこともわからなかったのだよ！」フクロウは声を大きくしていいました。「病気《びょうき》だろうか？」

「どちらかといえば、元気そうだったけど」とノウサギ。「しかもちょっと日焼《ひや》けしている感《かん》じでね」

「日に焼けた、そうだ、ぼくもそう思った」

「もしかして日にあたりすぎたとか……」

「もしかしたら、きおくそうしつ、ということも……」フクロウは口をつぐみ、耳をすましました。「だれか来る。いそいでいるようだぞ」

ハリネズミが全速力《ぜんそくりょく》で角《かど》をまがってきました。「どいて！」息《いき》を切らしてさけんでいます。「ああ、きみたちか」そしてペタンと地面《じめん》にすわりこみました。「ふう……」

「どうしたんだい？」とノウサギがききました。

「魔女《まじょ》が……」はあはあしながらハリネズミはいいました。「おいら魔女に追《お》いかけられていたんだ……ふう……めちゃくちゃ走ったよ！」

「魔女は、なんかへんじゃなかった？」とノウサギとフクロウはきいてみました。

「へんだって？　そんなことないよ。ざんねんなことに、いつもどおりさ」

「きみがだれだかわかってた？」

「うん、もちろんわかってたさ！　どうしておいらが、こんなに本気でにげてきたと思って？」

「なんかいつもとちがう、って思わなかった？　日焼《ひや》けしているとか？」

「とんでもない！」とハリネズミは大きな声でいいました。「いつもどおりだって、いったろ！」

「魔女《まじょ》はいつもとちがったのだ」とフクロウ。

「魔女はいつもとおんなじだよ」とハリネズミ。

「ちがったのだ！」

「おんなじだよ！」

ハリネズミは立ちあがりました。「きみたち、ちゃんと見ていなかったんだろ」といいながら。「おいらは帰るよ。魔女がまたやってくるんじゃないかと、気が気でないんだから」

ハリネズミはちょこちょこ歩いていきました。

「ちがうだってよ」ハリネズミはぼやきました。「ちがうし、日焼《ひや》けしているだなんて。ばかげているよ。まるでおいらが——」ハリネズミはぴたっと止まりました。目の前におこりんぼの魔女がいたからです。

ハリネズミは、ぴょんとすばやく身《み》をひるがえすと、今来た方向に走りだしました。でも、数歩《すうほ》走ったところで、また、ぴたっと止まりました。目の前におこりんぼの魔女がいたからです！

ハリネズミはびっくりぎょうてんして、魔女《まじょ》をじろじろ見ました。魔女はクスクスわらいだしました。

ハリネズミは、ふりむいて後ろを見ました。こちらでも魔女がクスクスわらっています。

ハリネズミはすばやくまた前を見ます。なんと魔女がふたりいるではありませんか！　ひとりは目の前に。もうひとりは後ろに。

「どうなっちゃっているんだよ？」とハリネズミはささやきました。

ふたりの魔女は、大きな声でわらっています。「妹が遊《あそ》びに来ているんだよ」とおこりんぼの魔女は大声でいいました。「南に住んでいる妹だよ。楽しいねえ！」

ハリネズミは、ふたりをかわるがわる見ました。そしてしげみの中にずんととびこみました。魔女たちは大きな声でわらっていたので、ぜんぜん気がつきませんでした。

ハリネズミはノウサギとフクロウのところへ、にげ帰りました。

「魔女だ！」とさけぶハリネズミ。「どうしてちがったり、おんなじだったりしたのかわかったよ。ふたりいるんだ！　南に住む魔女の妹が遊びに来ているんだよ」

「南に住む魔女の妹か」とフクロウはいいました。「だからあんなに日焼《ひや》けしていたのだな」

「ふたりの魔女か……」ノウサギはごくんとつばを飲《の》みこみました。「はらはらドキドキの時間がやってきそうだね……」

南の魔女《まじょ》がやってきてからというもの、動物《どうぶつ》たちは、ほんのちょっとの間《あいだ》もおちついていられません。かたほうの魔女からにげだせば、もうかたほうの魔女に出くわします。かたほうの魔女が魔法《まほう》でカブトムシをカラスのように大きくしたかと思えば、もうかたほうの魔女はカラスをカブトムシのように小さくします。一方の魔女が赤アリをぜんぶ黒くしたかと思えば、もう一方の魔女は黒アリを赤く変《か》えます。そして、こちらの魔女が休むと、あちらの魔女の調子《ちょうし》が出る始末《しまつ》。

動物たちは外に出られなくなってしまいました。南の魔女が帰るのを、びくびくしながら、今か今かとまっていました。ところが、何週間たっても、南の魔女はまだまだ居《い》すわっていました……。

ある夕方のこと、ノウサギはちょっくら、さんぽに出かけました。そろそろ暗《くら》くなっていたので、そんなにあぶなくはないと考えたのです。

「なにか手を打《う》たなくちゃ」とノウサギは考えていました。魔女がひとりだったら、まだやっていけるだろう。でも、ふたりはねえ……と思いをめぐらし、シダにそって歩いていました。

するとつぜん、ため息《いき》がきこえてきました。

「おやおや」とノウサギ。「きっとまた、だれかが魔法《まほう》をかけられたんだろう」

よくよく目をこらしてシダの上を見ました。すぐにノウサギはひょいとしゃがみこみました。おこりんぼの魔女だったからです。

また、大きなため息がきこえてきました。ノウサギはもう一度《いちど》、目をこらしました。魔女は頭をがくんと落《お》として、たおれた丸太にしょんぼりこしかけています。

ノウサギはどうしたらいいかわかりませんでした。けっきょく、よけいなことをしないのがいちばんと決《き》めました。南の魔女だって、きっとこのあたりにいるでしょうから。ぬき足さし足で、その場から去《さ》ることにしました。ところが、二歩も歩かないうちに、えだにつまずいて、ころがっていたのです。魔女のまん前に。ノウサギは息を止めました。

魔女はちらっと見て、悲《かな》しそうな声でいいました。「こんにちは、ノウサギ」

「こんにちは」とノウサギはいい、立ちあがりました。

魔女はまた、ため息をつきました。

「どうかしたの？」おずおずとノウサギはききました。

魔女はこくんとうなずきました。

「どうしたの？」

「妹のことだよ」と、しずむ魔女《まじょ》。「妹はいいやつなんだが、どんなことにも口をはさむのが好《す》き。いつもなにかしら、もんくをいうんだ。わたしがぜんぶまちがっちまうところを、あいつはぜんぶうまくやっちまう。もう、がまんできなくてね」

「おやまあ」とノウサギはいいました。

「妹はとてもいばっていてね」と魔女はぶつぶつ不《ふ》平《へい》をもらします。「なにからなにまで、自分の思いどおりにしたがってね。まるでここが自分の森であるかのようにふるまうんだ。もう、うんざりだよ！」

「でも、妹さんだって、すぐに家に帰るでしょ？」

「いいや！」と魔女。「まったく反対《はんたい》なのさ。ここに居《い》すわるつもりらしい」

「ずっと？」ノウサギはびっくりしてききます。

「ずっとさ」魔女はため息《いき》まじりにいいます。

「なんとか帰ってもらう方法《ほうほう》はないかな」とノウサ

ギはいい、魔女《まじょ》のとなりにすわりました。「たとえば、こうしたらいいかも……だめだ、やっぱりよくないや。それよりもしかしたら……そんなのうまくいかないか」

とつぜん、ノウサギはとびあがりました。「わかった！」

「シーッ！　妹にきこえちゃうよ」と魔女。

「わかったんだ」とノウサギは耳打《みみう》ちしました。「いいかい……」

次《つぎ》の朝、魔女は早起《はやお》きをしました。たなから持《も》ちだしたトランクを、テーブルのどまんなかにおいて、荷作《にづく》りをはじめます。

南の魔女がすぐに見にきました。「なにをやっているの？」

「荷作りだよ」

「そんなの見ればわかるわ。だからどうして？」

「いなくなるんだよ」

「どこに行くの？」

魔女はトランクに服《ふく》をつめこんでいいました。「あっちもこっちも魔法《まほう》だらけ。ごちゃごちゃしすぎさ。この森はふたりの魔女には、せますぎるんだよ。だから南へ行くんだ」

「南へ？」

「そうさ」と魔女《まじょ》。「おまえがここにいたいんだから、わたしが南へ行けばちょうどいいだろ」

「そんなことないわ！」南の魔女はさけびました。「あそこはあたしのものよ。あたしの場所《ばしょ》なの。お姉さんにはなんの関係《かんけい》もないでしょ」

「でも、おまえはずっとここにいたいんだろ？」

「そんなことないわ！　あたしが帰るから！　ここはあたしにも、ごちゃごちゃしすぎよ。それに、せますぎるわ。しかも寒《さむ》いしね」

おこりんぼの魔女は、トランクのふたをパタンと閉《し》めました。

「わたしは南へ行くよ！」

「そうはさせないわ！」と南の魔女はさけびました。「あたしが南に行くのよ！」

ほうきをつかみ、外にかけてゆきます。

魔女の小屋《こや》のうらにかくれていたノウサギとフクロウとハリネズミは、まもなく、南の魔女が森の空高くをとんでいくのを見つけました。南にむかって、びゅんと、いちもくさんに。

「うまくいったんだ！」とみんなはさけびました。「ほら、とんでった。やったあ！」

みんなはおもてに出てきました。魔女は、にこにこ顔でげんかん先に立っています。

「妹は行っちゃったよ！」と魔女《まじょ》。「ノウサギ、おまえの計画はうまくいったよ！　妹はわたしがほんとうに南に行くと思ったらしいよ！」

ノウサギとハリネズミは、ぴょんぴょんはねました。「これであいつもいなくなった！　ばんざい、やったあ！」

「みんな外に出てきてだいじょうぶだと、教えてあげよう」とフクロウはいいました。

「こんばんはとびっきりのおいわいだと、つたえなくちゃね」とノウサギ。

「まっておくれよ！」ハリネズミはしかめっつらで魔女を見ていいました。「魔法《まほう》をぜんぶもとどおりにしてくれるよね？」

「もうとっくにしてあるよ」と魔女。

ハリネズミは大きく息《いき》をつきました。「南の魔女がいなくなって、ほっとしたよ。魔女はひとりでじゅうぶんだもん」

おこりんぼの魔女はキッとハリネズミをにらむと「どういう意味《いみ》だい？」とききました。

ハリネズミはあとずさりします。「つまり……魔女さんには、ふたり分《ぶん》の価値《かち》があるということだよ！」

魔女は満足《まんぞく》してコクンとうなずきました。

第十四章　おこりんぼ計画

おこりんぼの魔女《まじょ》は小屋《こや》の前で日なたぼっこをしていました。目をつぶっていますが、寝《ね》ているわけではないようです。おこりんぼの魔女はあれこれ考えをめぐらしていたのでした。

そろそろなにか、しでかさなくちゃ、と魔女は考えていました。ここのところ、ぷんぷんするようないじわるを、ぜんぜんしていないからね。このままだと、だれもわたしのことをこわがらなくなっちゃう。

そのとき物音《ものおと》がきこえてきました。魔女が目をあけると、ハリネズミがぶらぶら歩いてきました。ハリネズミは手をふると、大声で「やあ、おばあちゃん。日なたぼっこは気持《きも》ちいい？」といいました。

魔女《まじょ》はぞっとしました。おばあちゃん！　魔女にむかって！　おこりんぼの魔女にむかって！

「なにさまのつもりだい！　ずうずうしいたいどだ！」と魔女はどなりました。でもハリネズミにはぜんぜんきこえないようで、鼻歌《はなうた》を歌いながら行ってしまいました。魔女はかんかんになって、ハリネズミをにらみつけました。

おばあちゃんですって！　ほらね。動物《どうぶつ》たちは魔女のことが、ちっともこわくなくなっていたのです。でも、これからは変《か》わりそうですよ！　魔女が森の中でなにかやらかしてくれそうです。

六ぴきのウサギのこどもたちがキャッキャッと、おしあいへしあいしながら、魔女のところにかけてきました。「魔女さん、魔女さん、魔女さん、おかしをちょうだい！」

魔女はぴょんととびあがりました。「さっさと、どこかへ行っておしまい。さもなければ、おまえたちを松《まつ》ぼっくりに変えてやる！」

「キャキャキャ」とわらうウサギのこどもたち。「松ぼっくりだってよ。へんな魔女さん！」と、はしゃぎながらにげていきました。

魔女はびっくりぎょうてんしていました。おちびさんたちが、これっぽちも、こわがっていないなんて！　おちびさんたちに、ふざけていると思われたなんて！　むかしだったらら、魔女《まじょ》がこんなふうにいえば、みんな、びゅんとにげたのに。これはまずすぎます。なんとかしなくてはいけません。

「あのいちばん大きななべだ」魔女はぶつぶついいました。「わたしのあの魔女がま。あれがいるね」魔女はここ何カ月か、雨水おけとして使《つか》っていた、大きな鉄《てつ》のおかまを取《と》りに行きました。重《おも》たい巨大《きょだい》なそれを、とびらのところまで一歩一歩、ひきずりながらはこんできます。あともうちょっと、というところで、ノウサギが走ってきました。

「気をつけなきゃ！」とノウサギは大きな声でいいました。「そんなに重たいなべをはこんで。ほら、ぼくがやってあげるよ。どこに持《も》っていけばいいの？」

魔女は家の中をゆびさしました。

「よっこらしょ」とノウサギ。「これでよし。また重たいものをはこぶことがあったら、ぼくをよびにきてね。そんな年なんだから、少しは、こしをだいじにしないと」そういうと、さっさと森の中へ消《き》えてゆきました。

「そんな年だって」魔女はむっとしました。「この年でもわたしがまだまだ元気だってことを思い知らせてやる。ふんだ！」

魔女は、魔法《まほう》の本を手に取ると、ページをめくりはじめました。

なにを作ろうかな？　今回はみんなをふるえあがらせるものでなくちゃ。みんなに、わたしこそが森の主人《しゅじん》だと知らしめるような、なにか。

魔女はページをめくるのをやめました。おしまいのほうのページを注意深《ちゅういぶか》く読み、小さな声でクスクスわらいだしました。これだったら、なんともいえずいじわるでいいだろう、えいえいえい！　これにすれば、動物《どうぶつ》たちはずっと魔女の思うがままです。魔女はこれに決《き》めました。必要《ひつよう》なものはなにか、ちょっと見てみましょう。まあ、ほとんどのものは家の中にあります。でも、しんせんな薬草《やくそう》をつんでこなければなりません。魔女はかごをかかえて、外に出ました。

さて、魔女がすな地の近くをさがしまわっていると……

「どうしたのだ？　薬草をさがしているのかな？　せき止めの薬《くすり》でも作っているのかね」えだの上からフクロウが声をかけました。「少しおてつだいしようか？　なにが必要なのだ？」

「くろぐろクローブ、くさくさチャヒキグサ、あとは、にがにがブタクサとねむねむネムリグサだよ」魔女はいいました。

「まかせたまえ。家に帰っていておくれ、ぼくが持《も》っていってあげよう」というと、フク

ロウはかごを持《も》ち、口ぶえをふきながら仕事《しごと》にとりかかりました。

魔女《まじょ》はにやりとしてフクロウを見ました。しめしめ、いまに見ておいで、と思いながら。


その日の午後、ハリネズミのところにノウサギとフクロウがたずねてきました。

「ぼくたち、ちょっと相談《そうだん》があって」とノウサギはいいました。「魔女のことなんだけどね、年取《としと》ってきたし、しかもひとりぼっちで住《す》んでいるから、ちょっと心配《しんぱい》なんだ。けさ、よったときなんか、重《おも》たいなべをひきずっていたんだ。あんな年では、もうむりなんだよ」

「できなければできないほど、いいんだけどね」ハリネズミはつぶやきました。ノウサギはとがめるように見ました。ハリネズミは顔を赤らめます。

「ぼくらで、おてつだいサービスをはじめようと思うのだ」フクロウはせつめいします。

「魔女がてつだいが必要《ひつよう》なときには、小鳥にことづけてもらって、ぼくらにつたえてもらうのだよ。きみも、くわわらないかい？」

ハリネズミはこくんとうなずきました。「もちろん、おいらもくわわるよ」と。

「これで決《き》まりだね」とノウサギ。「じゃあ、すぐにとりかかろう。けさ、なべをはこんであげたら、イスがこわれちゃっていたからね。おてつだいサービスの第《だい》一だんとして、イスをなおして、花たばをおいてくるというのはどうかな？」

「ちょっとまって」とハリネズミ。「おいらね、今さっき、ケーキを焼《や》いたんだ。それも持《も》っていこう」


おこりんぼの魔女《まじょ》は、魔法《まほう》の薬《くすり》をぐつぐつ煮《に》ていました。おんぼろ小屋《ごや》に、むねやけしそうなにおいが立ちこめています。でも魔女はぜんぜん気になりませんでした。

「くさければくさいほど、ききめがあるのさ」とつぶやいています。

あと、どくへびダイコンと、どくオモダカのねっこを入れれば、できあがりでした。

魔女はかごをかかえ、外に出ました。でも、どんなにさがしても、どくオモダカは見つかりませんでした。あしたまたさがせばいいや。とうとう魔女はそう思い、つかれた足取《あしど》りで、よろよろ帰ってきました。

でも、そこで起《お》こっていたのは？

ノウサギが、魔女のほうきで小屋のとびらの前をはいています。しかも、窓《まど》の内側《うちがわ》でも、なにかがうごいています。だれかが家の中にいる！

「そこでなにをしてるんだい！」魔女はさけびました。

ノウサギは目をあげました。とたんににこやかになります。「ぼくたち、魔女さんをびっくりさせようと思って。早く見にきて」というと、小屋《こや》のとびらを大きく開《あ》けました。魔女《まじょ》は中に入って、びっくり。そこらじゅうに花がかざってあって、イスもちゃんとなしてあって、フクロウとハリネズミはじまんげに魔女のおかまの横に立っています。おまけに、魔女のおかまは……からっぽでした！

「おかまがからっぽだ！」魔女は大声を出しました。

「そりゃそうさ」ハリネズミは、顔をしかめました。「おいらたちでせき止めの薬《くすり》はすてといたよ。なんとも、くさかったからね！　ありゃ、くさってたよ」

魔女はしばらくすわりこんでしまいました。「すてといた、だって」魔女は気がぬけた声でいいました。

そしてにぎりこぶしを作りながら、思いました。よし、これでおわりだ！　ここにいる三びきに魔法《まほう》をかけてやる！　でも、ふしぎと、そんなにかんかんでないことに気がつきました……。

動物《どうぶつ》たちはつっつきあいました。「魔女が感動《かんどう》しているよ」とささやきながら。

ノウサギはせきばらいをすると、おてつだいサービスについて、せつめいをはじめました。「もうわかったよね」としめくくります。「ぼくたち三人組はいつでも魔女さんをたすけてあげるってこと」

魔女《まじょ》はしばらくの間《あいだ》、まったく言葉《ことば》が出ませんでした。目のまわりをこすると、ハンカチをさがしました。そして最後《さいご》に「お茶をごちそうしよう」といいました。

「もうできているよ」とフクロウ。

「ケーキもあるよ」とハリネズミ。

「魔女さん、魔女さん」ウサギちゃんたちの声が外でしました。「魔女さん、おかしをちょうだい！」

「あのこどもたちにもケーキをあげておくれ」と魔女はいいました。「ほら、みんな、中にお入り！」

やっと動物たちが立ち去《さ》ったときには、うす暗《ぐら》くなっていました。魔女はげんかん先に立ち、みんなに手をふりました。

ウサギのこどもたちは魔女が見えなくなるまで「さようなら、親切な魔女さん、さようなら！」と大声でいいつづけました。

魔女は部屋《へや》にもどります。「親切な魔女さん」になれるまでは、ちょっと時間がかかりそうです。魔法《まほう》の本を手に取《と》りました。ゆっくりページをめくっていきましたが、とつぜん、パタンと閉《と》じました。本だなに持《も》っていき、おくのほうにしまいました。

「しばらくは使《つか》わないかも」と魔女《まじょ》。

決《き》めかねて、ちょっとの間《あいだ》、本だなの前に立っています。そして、また本を取《と》りだし、ちょっとだけ前のほうにおきました。

「やっぱり使うかも」とつぶやいて。

魔女は満足《まんぞく》してイスにすわり、ケーキの最後《さいご》のひと切れをいただきました。

森の動物新聞《どうぶつしんぶん》があったなら——訳者《やくしゃ》あとがきにかえて

　この本に登場《とうじょう》する「おこりんぼの魔女《まじょ》」は動物たちといっしょに森に住《す》んでいますが、すぐにおこっていじわるな魔法《まほう》をかけるので、動物たちはたいへんです。わかくて未熟《みじゅく》な動物たちは知恵《ちえ》を出しあい、年寄《としよ》りで経験豊富《けいけんほうふ》な魔女に対抗《たいこう》するためにあれやこれやと奮《ふん》闘《とう》します。

　きょうはこの本が日本で出版《しゅっぱん》されるにあたり、ノウサギくんが勇気《ゆうき》をふりしぼっておこりんぼの魔女さんにインタビューしました。魔女さんのごきげんもさいわい良好《りょうこう》でした。

ノウサギ　「ゴホン。（ドキドキ）本日《ほんじつ》はおいそがしいところ、『森の動物新聞』のインタビューにおこたえいただき、ありがとうございます。さて、さっそくですが、この本について教えてください。えっと、この本はおこりんぼの魔女《まじょ》さんと森に住《す》む動物《どうぶつ》たちが主人公《しゅじんこう》になっていますが、どこの国のお話ですか？」

魔女「もともとはオランダで書かれた本だよ。森や湖《みずうみ》がたくさんあって、日本とちがって山のない国でね、その国の言葉《ことば》、オランダ語で書かれているんだよ。今回は日本語に翻訳《ほんやく》されたけど、ほかにも英語《えいご》やドイツ語、スロベニア語にも訳されているんだ」

ノウサギ「ところで、この本にはおかしが出てきますが、大みそかに食べるドーナツってどんなものか、日本の読者《どくしゃ》に教えてくれますか？」

魔女「これはね、オランダでは『オーリボレン』といって、日本でいえば年こしそばみたいなものなんだ。毎年、年の瀬《せ》になると各家《かくか》庭《てい》で作ったり、街《まち》に屋《や》台《たい》が出たりするんだよ」

ノウサギ「では、オーリボレンの見た目をみなさんにせつめいしていただけますか？」

魔女「日本のドーナツ生地《きじ》みたいなのをまるめて油《あぶら》で揚《あ》げるんだ。穴《あな》のあいていないドーナツのようなものだね。あつあつの揚げたてにこなざとうをかけて、パクッ。ほしぶどう入《い》りのもおいしいんだよ！」

ノウサギ「グウ。おなかすいてきちゃった。こなざとうたっぷりのバターケーキも食べたいなあ」

魔女《まじょ》「これはね、背《せ》の高い帽子《ぼうし》みたいな形のケーキで、こちらはまんなかに穴《あな》があいているんだ。バターをたっぷり使《つか》っていて、フルーツを入れたり、チョコレートをかけたりするんだけど、ほとんどっていっていいほど最後《さいご》に上からこなざとうをかけるのさ。見た目がターバンみたいなんで、オランダでは『ターバン型《がた》のケーキ』っていうんだよ」

ノウサギ「なるほど、おいしそうですね」

ここで、ハリネズミくんがオーリボレンとターバン型のケーキをお皿《さら》にのせて登場《とうじょう》。おかしをいただきながらインタビューをつづけます。

ノウサギ「オランダでは、おこりんぼの魔女の本がシリーズになっているそうですね」

魔女「そうなんだよ。この本は、ハンナ・クラーンさんが一九九〇年に書いた、おこりんぼの魔女シリーズの一作目なんだ。ほかにもオランダでは、『おこりんぼの魔女が、またやってきた！』（一九九二年）、『おこりんぼの魔女に花束《はなたば》を』（一九九四年）、『おこりんぼの魔女と魔法《まほう》』（一九九六年）、『おこりんぼの魔女、勝《か》たなくちゃ』（一九九九年）、『おこりんぼの魔女のおまつりだ』（二〇〇二年）、『おこりんぼの魔女、長生きしてね』（二〇〇三年）、『おこりんぼの魔女、ここにあり』（二〇〇五年）などが出版《しゅっぱん》されているんだ」

ハリネズミ「おこりんぼの魔女《まじょ》シリーズはオランダでも人気があって、こどもたちの人気投票《とうひょう》では何度《なんど》も上位《じょうい》に入ったことがあるんだよ。また『おこりんぼの魔女、長生きしてね』は特別版《とくべつばん》で、オランダの『こどもの本の週間』に無料《むりょう》プレゼント用に出版《しゅっぱん》された、短《みじか》い本なんだ」

とつぜんインタビューに参加《さんか》してきたハリネズミにびっくりするノウサギと魔女。

ノウサギ「さて、魔女さん、最後《さいご》になりましたが、訳者《やくしゃ》にかわってお世話《せわ》になった方《かた》にお礼《れい》をいいたいそうですね」

魔女「そう、そうなんだよ。日本で翻訳《ほんやく》されるまで、いろいろな人がてつだってくれているからね。訳者に翻訳の機会《きかい》をくださった野坂悦子《のざかえつこ》さん。むずかしいオランダ語の表現《ひょうげん》について教えてくれた、ストロークス・ロブ&美穂子夫妻《みほこふさい》とデバック・ティホくん。そして日本語のいいまわしをいっしょに考えてくれた家族《かぞく》のみんな。早川書房編集部《はやかわしょぼうへんしゅうぶ》の大《だい》黒《こく》かおりさん」

ノウサギ「いっぱい仲間《なかま》がいるってすばらしいですね」

魔女《まじょ》「まるでおまえたちの仲間《なかま》みたいだねえ」

ノウサギ「みんなでお礼《れい》をいいましょう。せーの」

森の動物《どうぶつ》たち&魔女「ありがとう!!!」

魔女「おやおや、もうこんな時間だ。帰らなくちゃ」

ノウサギ「さようなら、魔女さん。読者《どくしゃ》のみなさんもさようなら」

ハリネズミ「(ウインクしながら) ほんとうにおいらたちの森で、こんな新聞《しんぶん》が出たらいいよね!」

二〇〇五年六月

早川書房の児童書〈ハリネズミの本箱〉
おこりんぼの魔女《まじょ》のおはなし

二〇〇五年七月 十 日 初版印刷
二〇〇五年七月十五日 初版発行

著 者 ハンナ・クラーン
訳 者 工藤桃子《くどうももこ》
発行者 早川 浩
発行所 株式会社早川書房
東京都千代田区神田多町二―二
電話 〇三-三二五二-三一一一（大代表）
振替 〇〇一六〇-三-四七七九九
http://www.hayakawa-online.co.jp
印刷所 三松堂印刷株式会社
製本所 大口製本印刷株式会社
乱丁・落丁本は小社制作部宛お送り下さい。
送料小社負担にてお取りかえいたします。

Printed and bound in Japan
ISBN4-15-250034-4 C8097

早川書房の児童書〈ハリネズミの本箱〉

おはなしは気《き》球《きゅう》にのって

ラインハルト・ユング
若松宣子訳
46判上製

世界を旅《たび》するおはなしたち

ひっそりとくらす作家《さっか》のバンベルトが十一のおはなしを小さな気球《ききゅう》につけて飛《と》ばしました。楽しいおはなし、こわいおはなし、ふしぎなおはなし。どれも心をこめて書いたものです。やがてひろった人たちから返事《へんじ》がきました！

早川書房の児童書〈ハリネズミの本箱〉

第51回産経児童出版文化賞受賞

ヘラジカがおちてきた！

アンドレアス・シュタインヘーフェル
鈴木仁子訳
A5判上製

ほのぼのクリスマス・ファンタジイ

クリスマスまえのある夜、ぼくの家にヘラジカが落《お》ちてきた！　トナカイのかわりにサンタのそりの試験飛行《しけんひこう》をしていて、足をすべらせたんだって。おもしろくてやさしいヘラジカなんだけど、おかげで大騒動《おおそうどう》になっちゃった！